세계로부터 지켜 주는 세계

세계로부터 지켜 주는 세계

쓰카모토 하쓰카 지음
김난주 옮김

왼쪽주머니

차례

1

내가 힘들게 무언가를 견디고 있을 때, 주위 사람들도 그렇지 않으면 짜증이 난다.

그런 것 같다.

금연을 하고 있는 아빠는, 수박을 먹는 엄마가 영 마음에 들지 않는다.

엄마는 수박을 엄청 좋아해서, 여름이면 매일 먹는다. 9월이 된 지금도 냉장고 안에 먹고 남은 수박이 들어 있다. 슈퍼마켓에서 수박을 파는 한, 엄마는 계속 사들일 것이다.

한편 아빠는 장수풍뎅이가 좋아한다는 채소를 싫어해서, 냄새만 나도 속이 메슥거린다나. 지금까지는 담배 탓에 후각이 마비되었고, 그 덕분에 관대해져서 그럭저럭 참을 수 있었다고 한다.

속이 메슥거릴 정도면 담배를 다시 피우면 될 텐데, 딸의 건강을 위해서도 간접흡연을 하게 해서는 안 된다나 뭐라나.

누가 피우지 말라고 부탁이라도 했나.

아빠의 금연은 아빠의 재정난에서 비롯되었다. 또 길거리에서 퇴출 일보 직전인 흡연소를 찾느라 두리번거리는 것도 불편한 듯하다. 세상에서 금연이 유행하고 있으니, 뒤처져서는 안 된다는 의식도 있을 것이다. 그런, 개인적인 이유다.

"아빠, 담배는 몸에 독이야."

나나 엄마가 그렇게 말한 적은 없다. 우리 집 여자들은 서비스 정신이 희박해서, 아빠의 요구에 잘 응하지 않는다. 남편 또는 아빠의 건강이 염려되어 귀여운 잔소리를 하는 아내와 딸이 아니다.

남자 형제들 속에서 자란 아빠의 '여자가 성장하는 과정'을 바라보는 눈에는 반짝거리는 필터가 끼여 있다. 내가 태어난 지도 14년이나 되었는데, 여전히.

"여자가 그런 말투를 사용하면 안 되지."

아빠가 그리는 꿈의 '여자'는 그런지 모르겠지만.

"아빠는 길게 땋은 머리가 좋은데."

아빠가 그렇게 말했을 때, 제일 끔찍했다. 나는 짧은 머리를 좋아해서, 늘 머리가 짧다. 미용실에서 돌아오면 아빠는 "가끔은 길러 보지 그러냐" 하고 말했다. 세일러복의 옷깃 위에서 땋은 머리가 통통 튀는 모습이 어쩌고저쩌고. 그 이상은 떠올리기조차 싫다. 아빠 미안. 내가 아빠의 그 감상적인 욕구를 충족시켜 주는 날은 없을 거야.

아빠는 도쿄 중심에 자사 빌딩이 있는 대기업에 다니고 있다. 주말에는 일부러 왕궁 주위를 달린다. 40대를 겨냥한 패션 잡지도 본다. 넥타이 길이, 구두와 바지의 균형에도 신경을 쓴다. 손목시계도 여러 개. SNS도 틈틈이 업로드 하고 있다. 아내는 아름답다. 부족한 것이 있다면, 예쁜 딸.

아, 그리고 수박 냄새가 나지 않는 집도.

*

할아버지는 술 담배도 입에 대지 않고 아침마다 하루도 빠짐없이 조깅을 했지만, 내가 세 살 때 정년퇴직을 하고는 바로 돌아가셨다.

그의 아버지, 즉 나의 증조할아버지는 내가 중학교 1학년이 될 때까지 정정하게 살다가 아흔 살에 갑자기 돌아가셨다.

증조할아버지는 쇳가루가 꾹꾹 담긴 것처럼 독한 담배를 하루에 두 갑이나 피웠다. 아침을 먹다가 몸이 움직이지 않아 밥알이 입에서 후들후들 떨어질 때까지도 (돌아가시기 10분 전까지) 담배가 바로 옆에 있었다. 재떨이에 꽁초가 하나 남아 있었다. 습관적으로 아침에 눈을 뜨면 바로 한 개비, 아침을 먹은 다음 또 한 개비를 피웠다.

증조할아버지는 혼자 살았지만, 그의 죽음은 빨리 발견되었다.

증조할아버지가 나와 아빠를 점심에 초대했기 때문이다. 오전 11시, 할아버지 집에 도착한 우리는 식탁에 축 늘어져 있는 그를 발견했다. 식탁 위에는 먹다 만 달걀말이가 있었고, 손에는 젓가락 한 짝이 쥐여 있었다. 남은 한 짝은 식탁 아래에 떨어져 있었다.

아빠는 침착했다. 나도 시신을 멀리하는 따위의 짓은 하지 않았다. 증조할아버지가 마치 낮잠을 자는 것 같아서 조금도 무섭지 않았다. 이 순간을 위해 일부러 우리를 초대했다는 생각마저 들었다.

그날, 우리는 평소의 아빠와 딸이 아니었다.

소설에서 읽은 수도사의 이미지가 그 장면과 오버랩된 것은 장례식이 끝난 후였다. 동굴 속, 청빈하고 근엄하게 생활하는 수도사. 침묵하는 동지. 뭐, 그때뿐이었지만.

증조할아버지는 텃밭을 일궈 무를 키우고 밤새워 마작을 하는 등 언제나 활동적이었다. 내게 속임수도 가르쳐 주었다. 축제 날이면 플라스틱 공을 뜨는 가게에서, 주인이 한눈을 파는 사이에 거대한 금색 공(가게 앞에 '금색 공을 뜨면 대박 선물 이벤트!'라고 쓰인 종이가 붙어 있었다)을 맨손으로 움켜쥐고는 바구니에 담아 주기도 하고. 그 손놀림을 잊을 수 없다. 가게 주인의 시선을 간파하고, 틈을 노려 행동하고, 혐의를 비켜 가는 연기는 놀라웠다. 껄껄 웃으면 입에서 텁텁한 냄새가 났지만, 나는 싫지 않았다. 그리고 대박 선물은 언뜻 봐도 B품인 머그 컵이었다.

여든여덟 살 생신날에, 증조할아버지는 손자와 증손들에게 선물을 했다. 인기 배우를 흉내 냈다나.

"자기 생일이야말로, 평상시 신세 지고 있는 사람들에게 감사해야 하는 날이지."

그런 말에 감동했던 것 같다.

평소에는 늘 헐렁하고 편한 바지 차림이었지만, 사실은 엄청난 멋쟁이였다. 청바지를 입은 모습도 멋졌는데, 모자에 재킷, 스카프로 포인트를 준 모습도 좋았다.

생신날 저녁 식사 자리에는 짙은 베이지 헤링본 재킷에 하얀 셔츠, 감색 스카프 차림으로 등장했다.

증조할아버지의 패션 포인트는 튀지 않게 색감을 맞추는 데 있었다. 바지와 중절모는 소재의 색감을 그대로 살린 것. 중절모의 띠와 구두와 허리띠는 짙은 갈색(허리띠와 구두 색이 다른 때를 본 적이 없다). 손목시계의 가죽끈 역시 갈색 계열. 허리띠 버클과 손목시계의 베젤은 신주. 양말은 스카프와 같은 감색이었다. 그렇게 패션 감각이 뛰어난 사람이다 보니, 선물도 멋졌다. 내게는 빨간 가죽 북 커버와 크리스털 책갈피를 주었다. 포장지 역시 시크했다.

증조할아버지가 살아 있는 동안, 우리는 아름드리 기둥에 기대어 있는 것처럼 편안했다. 친척끼리는 어이가 없을 정도로 마음이 맞지 않았지만, 신기하게도 별 탈 없이 지냈던 것은 다 증조할아버지 덕분이었다. 그런 증조할아버지가 사라지자, 서로 싸운 것도 아닌데 소원해졌다. 설날에도 모이지 않고. 아빠와 엄마가 대놓고 부딪치기 시작한 것도 그 무렵부터였다.

아빠는 지푸라기처럼 가늘고 약한 담배를 사막에서 물을 마시듯 피웠다. 귀중한 물을 찔끔찔끔 마시는 것처럼. 하루에 세 개비를 피우기로 했는데, 그 양이 줄어드는 것을 어떻게든 막으려는 것처럼.

지금은 그마저 끊기 위해 안절부절못하고 있다. 부부 싸움도 심해졌다.

담배가 정말 건강에 안 좋은 것일까?

담배에 관한 정보만 봐서는 안 좋지 싶은데, 이 집안 분위기보다 독한 독은 찾기가 어렵지 않을까.

아빠. 정말 내 건강이 염려된다면.

그냥 담배 피워.

담배 연기보다, 지금의 상태가 나를 죽일 것 같다.

세포가 뿌직뿌직 짓뭉개지는 게 느껴진다.

수박을 끊지 못하는 엄마도 그렇다. 그 사랑스럽지 못한 모습에는 나도 넌더리가 난다.

수박이라니.

부부 싸움의 원인이 수박이라니.

너무 개인적이어서 누구에게도 동의를 구하지 않지

만, 나는 '훈육'이라는 말과 '젖꼭지'라는 말의 울림이 싫다.

왠지 부끄러워서 그 말을 사용할 수 없다. 의미가 부끄러운 게 아니라, 그냥 말의 울림이 싫다. 언어가 지니는 섬세한 심각함과 가벼운 어감의 불균형이 불쾌한지도 모르겠다.

이 두 가지 말을 하는 것은 남들 앞에서 방귀를 뀌는 것에 버금간다. 은밀한 일을 어쩔 수 없이 밖으로 표현했을 때의 당황스러움. 부끄러움. 나는 그렇다. 누구에게도 동의를 구하지 않지만. 그런데 지금 아주 개인적인 그 감각의 영역을 '수박'이 건드리고 있다.

"아빠는 니코틴 금단증상을 견디고 있는데, 엄마는 수박을 끊지 않으려고 하니까 부부 싸움이 끊이지 않는 거라고."

아빠의 그 말이 내게는 이렇게 들린다.

뿌웅, 뿌붕, 뿌부부웅.

똥구멍이 하는 말을 대체 누가 알아듣는단 말인가?

"나는 이렇게 참고 있는데, 당신은 정말 태연하군."

"당신 스스로 결정한 일이잖아. 나더러 뭘 어쩌라고."

"내가 수박이 싫다고 하잖아!"

"좋아하는 걸 먹는 게 뭐가 잘못이야!"

"배려라는 것도 좀 알아야지."

"나는 양보했어. 그래서 당신이 있을 때는 안 먹잖아."

엄마는 입씨름에서 이긴 듯이 우쭐한 표정이다. 아빠는 더 성질을 부린다.

"냄새가 나잖아, 냄새가!"

"그러니까, 이제 그냥 피워."

"아니, 내가 무슨 생각으로."

내 방의 남쪽에는 세 단짜리 나무 책꽂이가 있다. 서점에서 산 책도 있고, 할머니 집에 있던 사전과 아빠가 읽었던 무라카미 하루키의 문고본, 진보초 헌책방에서 찾은 쇼와 시대의 만화와 화집, 내가 어렸을 때 즐겨 읽었던 책들이 나란히 꽂혀 있다.

유행에는 관심이 없다. 안 그래도 온 사방에 넘치는

정보가 가만히 있어도 귀에 들어온다. 내가 스스로 손을 내미는 것은 내가 모르는 세계뿐이다.

엄마 아빠가 싸울 때, 나는 언제나 방바닥에 앉아 책꽂이에 꽂힌 책들의 책등을 바라본다.

책의 수만큼 세계가 있다.

나는 고작 열네 살. 내 몸으로 얻은 언어는 너무도 적다. 조금만 긴장을 풀어도 바로 절망하고 만다. 같은 공간에 사람이 둘 이상 있으면 전쟁이 벌어진다니.

'아니, 그렇지 않아. 이 세계가 전부는 아니야. 네가 모르는 것이 아직 많아. 단정하지 마.'

책은 조용히 부정해 준다. 소리 없는 말 덕분에 나는 그럭저럭 살아가고 있다.

책꽂이의 가장 왼쪽, 밑에서 두 번째 칸에는 은색 노트북과 스마트폰이 놓여 있다. 중학교에 입학했을 때 아빠가 사 준 것이다. 그것들을 열면, 어떤 시대로든 날아갈 수 있다. 옛날 드라마와 음악을 좋아한다. 과거의 유행이 지금은 고전. 책도 그렇다. 이 방은 모든 과거와 통한다. 시대는 바뀐다. 유행도 바뀐다. 지금 내가 놓인 상황도 언젠가는……. 그런 희망으로 가득하다.

그런데도 불안을 지울 수 없는 것은, 미래에 대해서는 어디에도 쓰여 있지 않기 때문이다. 미래를 예측한 것이 아니라, 확실한 미래. 예언 같은 것이 아니라, 나는 미래에서 온 리포트를 원한다.

아무리 새로운 기사나 댓글이라 하더라도 과거에서 온 것이다. 이렇게 여기저기에 접속하고 있는데, 내가 가장 알고 싶은 것은 어디에서도 알 수 없다.

누가 좀 가르쳐 주세요. 앞으로 우리 가정은 어떻게 되나요?

쨍그랑!

아빠가 그릇을 깼다. 엄마가 신경질적으로 소리를 지른다. 저녁 밥그릇을 내던진 거겠지.

나는 일어선다. 빈혈인지, 눈앞이 캄캄해진다. 책꽂이에 기대어 꼭대기에 놓여 있는 장식용 스웨이드 접시로 손을 내밀었다. 조그만 헝겊 주머니를 집는다. 부적 같은 것이다. 손에 꼭 쥐고 침대로 기어들어 갔다. 싸우는 소리가 들리지 않게, 귀를 막았다.

'자기도 모르게'나 '울컥 화가 치밀어서'라는 말은 다 거짓이다.

대화를 하면서 승부를 추구하는 순간 대화는 의미가 없어진다. 상대를 굴복시키기 위한 가장 좋은 수단을 판단하는 얘기가 되고 만다. 대개는 가장 효율적인 수단을 선택하니까, 폭력이 대두된다. 울컥 화가 치밀어서 접시를 내던진 게 아니라, 승리를 얻기 위해 치미는 화의 에너지를 표출한 것이다. 접시를 던진 것은 아빠의 선택이다. 악령이 사주한 것이 아니다.

"내가 뭘 어쨌다고 그래."

엄마의 울먹이는 소리는, 내장을 녹이는 황산 같다.

대화는 어이없을 만큼 유치한데, 두 사람의 행위도, 감정도, 반응도, 무척이나 심각하다. 둘이 싸울 때마다 나는 사지가 찢기는 형벌에 처해진다. 그 옛날의 잔인한 형벌. 내 다리는 각각 아빠 소와 엄마 소에 묶여 있다. 두 마리 소가 반대 방향으로 달리기 시작하면, 내 몸은 양쪽으로 찢겨 나간다.

아빠는 멜로드라마에나 등장하는 여자를 원한다.

'나의 고통'을 수용하고 심신을 어루만져 주는 여자. '내'가 앞을 볼 수 없게 되면 바늘로 자기 눈을 찌르는 그런 여자.

엄마는 '허리춤에 다이너마이트를 숨겼을 만큼 각오'가 단단한 남자를 원하고 있다. 담배를 끊는다는 자신의 결의를 스스로 감당하지 않으면 남자가 아니라고 여긴다.

멜로드라마의 여자나 다이너마이트를 숨긴 남자나 내게는 존재하지 않는 생물이지만, 엄마와 아빠의 내면에는 각기 살아 있다. 두 사람은 날마다 신선한 기분으로, 서로에게 실망하고 있다.

그렇게 생각하면, 이 전쟁의 원인은 수박 중독도 니코틴 금단증상도 아닐지 모른다. 두 사람이 서로에게 실망한 기분이야말로, 내가 감당해야 하는 형벌을 낳은 원인이다. 말로 하면 어이가 없어서, 싫어지지만.

*

화장실에서 세수를 하고 있는데, 엄마가 빨랫감을 안고 왔다. 수면 부족에다 어젯밤의 혼돈에서 미처 벗어나지 못했는데, 오늘도 아침부터 티격태격하는 소리가 들렸다.

또 한마디 하겠군.

"너, 또 살찐 거 아니니?"

나는 잠자코 얼굴을 닦는다.

"셔츠가 아주 미어터지겠어. 다리 좀 봐. 와! 딱 갸틀즈(가상의 원시시대를 그린 코믹 만화-옮긴이)에 나오는 매머드 고기가 따로 없네."

허, 놀리는 말치고는 유머가 넘친다.

나는 갸틀즈를 몰라서 인터넷에 들어가 검색해 보았다. 등장인물이 허겁지겁 먹어 대는 고기가 내 다리와 똑같이 생겼다. 발목은 가는데 종아리는 탱탱하게 부푼 게.

"왜 그렇게 근육질인가 몰라."

몸무게는 늘지 않았다. 옛날부터 나는 근육질이다.

엄마는 자기 기분이 좋지 않으면 내 몸이 팽창한 것

처럼 보이는 모양이다. 마시멜로 같은 체형이면 그런 대로 참겠는데, 직선적이고 딴딴한 게 마음에 들지 않는 듯하다.

"머리칼도 어쩌면 그렇게 고슴도치 같니."

엄마는 기분 나쁜 일이 있을 때마다 내게 화풀이를 한다. 나를 여러 각도에서 보고는 못생겼다고 한다.

"눈썹 정도는 좀 다듬어라. 아유, 정말! 여자애가 그게 뭐니."

내 눈썹은 소인국 사람들의 낚싯대처럼 축 늘어져 있다. 눈두덩은 두툼하고, 코는 낮고 크다. 증조할아버지를 쏙 빼닮았다. 게다가 근육이 발달했고, 다리가 짧다. 엄마가 이상적으로 상상하는 '여자아이'와는 다르다. 면목이 없으니, 잠자코 있는 수밖에 없다.

여기서만 슬쩍 하는 말.

사실 나는 내 조그만 입이 마음에 든다.

분홍 조개껍데기 같은 색이라서.

머리가 길고 몸매가 날씬한 엄마는 S 사이즈 명품 투피스를 당당하게 차려입는다. 미인이라고 생각한다.

나는 허벅지가 굵어서 짧은 치마는 못 입는다.

젓가락 같은 다리였다면 무릎 위까지 올라오는 양말도 어울리겠지만, 매머드 다리가 신으면 실핏줄이 터진다. 교복을 입을 때는 무릎까지 오는 양말을 신어야 하는데, 고무줄이 종아리를 짓누른다.

내 옷장에는 티셔츠와 트레이너와 바지밖에 없다. 그런 차림으로 하라주쿠에 간다 한들 나는 상관없는데, 엄마는 데리고 다니고 싶지 않단다.

매달 용돈은 받고 있지만, 옷보다는 책을 산다. 삽화가 있는 《겐지 이야기》, 아동용 의학책, 《그리스신화》 같은 책. 나는 서점을 좋아한다. 도서관에서 빌리는 일도 있지만, 표지가 예쁘거나 내용이 마음에 들면 사지 않고는 못 배긴다. 용돈이 이내 바닥나, 엄마에게 늘 혼난다.

"책 사라고 용돈 주는 거 아니잖아!"

그럼, 뭐 하라고 용돈을 주는 것일까. 엄마는 내가 어떻게 해 주기를 바라는 것일까.

역시, 여자다운 게 최고일까. 그 점은 아빠도 마찬가

지일까. 그런데 과연 엄마와 아빠가 이상적으로 그리는 '여자아이'는 같은 것일까. 세일러복 옷깃 위에 땋은 머리가 한들한들 …….

절대 거부하겠지만, 엄마 아빠의 '여자아이'가 되려면 우선 살이 빠져야 한다.

나는 지금 배가 고파서 어쩔 줄을 모르겠다. 석 달 전, 첫 생리를 했다. 키가 쑥쑥 자라고, 젖가슴도 조금 생겼다. 내가 지금 성장기라는 건 의학 책과 체육 수업에서 배웠다. 항상 배가 고픈 것도, 잠이 와서 견딜 수 없는 것도, 몸이 자라고 있기 때문이라는 걸 나는 알고 있다.

엄마는 한바탕 나를 비웃고는 부엌으로 가 버렸다. 내가 아침에 일어났을 때는 깨끗하던 부엌. 밤사이에 엄마는 혼자 울면서 바닥에 흩어진 그릇 조각을 치웠으리라.

아빠는 벌써 출근하고 없다. 엄마가 애써 싸 놓은 도시락은 쓰레기통에 버려졌다. 도시락째, 고스란히.

참 알 수 없다. 엄마는 전날 밤에 무슨 일이 있었던

다음 날 아침에는 아빠 도시락을 싼다. 내게는 그게 마치 고행처럼 보인다.

아빠는 오늘 아침, 그걸 쓰레기통에 버리고 출근했다. 부부 싸움 끝에 엄마에게 보인 앙갚음이다.

쓰레기통 안에서, 밥과 달걀말이와 그린빈이 섞여 있는 색감이 너무도 선명해서, 색종이를 찢어 붙인 야마시타 기요시(종이를 오리거나 찢어서 붙인 그림으로 유명한 화가-옮긴이)의 그림 같았다.

식탁에 앉자, 엄마가 토스트와 요구르트와 코코아를 내 앞에 놓았다. 조금 전, 나를 비웃었던 게 후회스러운지 고개를 제대로 들지 못한다. 엄마의 풀 죽은 얼굴을 보자, 그제야 나는 화가 났다.

나도 아침을 확 던져 버릴까. 그런 생각이 들었지만, 이렇게 곱게 무르익은 색상을 죽이면 나 또한 오늘 하루 풀이 죽어 지내야 한다. 그러고 싶지 않다.

골든브라운 색 표면에 버터와 딸기잼을 바른다. 토스트는 무척 맛있다. 엄마가 좋아하는 빵가게에서 사 온 식빵이다. 두툼하고, 살짝 달달하고, 구워도 촉촉하다. 마법 같은 식빵이다.

아빠도 엄마도, 좋아하는 게 아주 많다.

이 집 안에는 두 사람이 좋아하는 게 아주 많다.

내가 두 사람 마음에 들지 않아서 더 그런 건가, 하고 잠시 생각한다.

나는 맛있는 토스트를 두 개 먹는다. 한 개만 먹으면 2교시 때 벌써 배가 꼬르륵거리기 때문이다.

2

"괜찮지, 응? 가오루코."

이 청초한 울림. 가오루코. 내 이름이다. 떡 벌어진 어깨에 향내가 피어오를 듯한 이름이라니. 아빠가 지었단다. 아빠의 내면에 있는 '여자아이'가 어떤 모습일지 충분히 알겠다. 중학교 입학식 때, 무릎까지 오는 감색 양말을 신은 내게 아빠가 했던 말이 떠오른다.

"하얀색이 좋지 않냐……."

어차피 아빠는 종아리가 뽀얗게 드러나는 하얀 발목 양말을 상상하고 있었을 것이다.

아빠가 유난스러운 것은 분명하지만, 가끔 징그러울

때를 제외하면 실질적인 해는 없다. 딸이 아빠의 '여자 아이'가 아니고, 그러니 자기 생각대로 되지 않는다는 것도 이해는 하고 있는 듯하다(아직 포기하지는 않은 듯하지만!). 덕분에 우리는 가족으로 살 수 있다. 그 사람은 자각이 없을 뿐이다. 그런데도 아빠는 자기가 엄청 멋지다고 생각한다. 겉모습은 말쑥한데 머릿속이 뻔히 들여다보이는 건, 머리숱이 없어 두피가 훤히 보이고 배가 불룩 튀어나온 것보다 훨씬 볼품없다.

"아이 참, 가오루코 너 듣고 있는 거야?"

아까부터 같은 반의 아키오가 시끄럽게 굴고 있다. 바닥에 무릎을 대고 내 책상에 턱을 괴고서는.

"싫어."

"왜? 답답하단 말이야, 그 눈썹."

"말이 많네."

"정리하자, 응? 예쁘게 해 줄게."

"아침마다 정말 시끄럽네."

"치."

아키오는 체육복 차림이다. 아침에 교문에서 선생님

에게 걸려, 선도실로 연행되었기 때문이다.

〈세일러복을 벗기지 마세요〉(1985년에 발표한 여자 아이돌그룹 '오냥코 클럽'의 데뷔곡-옮긴이)는 지금 아키오의 테마송이다.

아키오가 여학생 차림으로 교문 돌파를 감행하는 것은 이제 매일 아침 보는 광경이다. 교문에 떡 버티고 선 선도부 선생님 옆을 전속력으로 뛰어간다. 첫 관문을 돌파했다고 끝이 아니다. 건물 현관에는 스즈키 체육 선생님이 있어, 결국은 붙잡힌다.

몇 번을 실패해도 아키오는 포기하지 않는다.

학교가 여자로 생활하는 것을 인정할 때까지.

"소크라테스가 '악법도 법'이라고 했어."

나는 가방에서 학생 수첩을 꺼내 책상에 올려놓았다. 정면 돌파라니, 너무 무모하다.

"나도 교복은 없어도 된다고 생각하고, 아키오의 희망 사항은 반드시 이뤄져야 한다고 생각해. 하지만 이게 법인 이상은 따라야 한다고. 봐, 학생 수첩의 여기, 남학생과 여학생 그림이 있지?"

남학생은 검정색 교복을, 여학생은 세일러복을 입는다.

“법을 지켜야, 법을 바꾸려는 주장에도 귀를 기울여 주지. …… 으악, 뭐니, 그 짜증 나는 얼굴.”

아키오는 새끼손가락으로 코를 파고 있었다.

“어이가 없네. 그런 소리 하는 사이에 중학교 졸업하겠다. 나는 생활을 인정받고 싶은 거니까, 지금 완전히 결론짓지 않으면 의미가 없다고.”

아키오는 학생 수첩 위에다 A4 사이즈 종이를 내던졌다. 학생회에 제출할 요청서다. 성별이 아니라 개인의 선택으로 교복을 입을 수 있게 해 달라고 적혀 있다.

“아, 미안. 듣고 보니 그러네.”

잘난 척하면서 소크라테스 운운했지만, 옛 현자의 명언보다 아키오 생각이 훨씬 강력했다.

부모님과 당사자와 선생님, 그렇게 삼자 면담을 통해 결론이 나면 개별 조치가 취해질 가능성도 있는 듯하다. 굳이 학생회에 요청하지 않아도, 세일러복을 입고 학교에 다닐 수 있을 가능성도 없지 않다는 뜻이다.

그러나 아키오는 부모님에게 협력을 구할 수 없다. 때로 눈을 가리고 고개를 돌리고 싶을 정도로, 정면으로 부딪치는 수밖에 없다.

아키오의 과감한 주장은 도량이 넓은 선생님(보건실 선생님이다)의 도움으로 조금씩 결실을 맺어 가고 있다.

아키오는 지금 남학생 화장실이 아니라 교직원 화장실을 사용한다. 체육복도 남자 탈의실이 아닌 보건실에서 갈아입는다.

"100분의 연설보다 한 걸음의 행동이 낫다."

아키오가 가슴을 쫙 펴고 으스댔다.

"누구 명언?"

"나."

"순 엉터리."

얄밉다는 표정을 지으면서도 나는 소크라테스를 퇴출하기 위해 학생 수첩을 덮었다. 아키오는 누가 양옆구리를 간질인 것처럼 푸르르 몸을 흔들었다.

어째 나와 아키오 사이에 우정 비슷한 것이 있는 듯 하다.

"나, 가오루코 네가 좋아."

아키오는 일인칭 '나'를 여자처럼 발음한다.

"그런 말한다고 눈썹 깎게 해 줄 줄 알고?"

"눈썹 하나로 인상이 달라진단 말이야. 해 보자. 아아, 그 버들가지처럼 축 늘어진 눈썹. 진짜 어떻게 하고 싶다."

아키오는 허공을 조몰락거렸다. 머리는 빡빡머리.

그래도 조금은 자랐네.

이마에 난 상처는 아직 사라지지 않았지만.

정수리에서 귀로 내려오는 예쁜 곡선이 하늘하늘 흔들린다. 나는 넋을 잃는다. 아키오는 눈이 커다랗다. 웃으면 눈 위로 속눈썹이 쌓인다. 완벽한 달걀형 얼굴도 풋풋한 배우 같다.

"후회하지 않게 해 줄게."

"싫다니까 그러네."

"왜?"

나도 모른다. 엄마도 '눈썹 정도는 깔끔하게 정리하라'고 했으니까, 그러겠다고 해도 좋은데.

"너랑 있으면 다들 나쁘게 본단 말이야. 그러니까 좀 조용히 해."

아까부터 반 아이들의 시선을 느끼고 있다. 따끔따끔 찌르는 게 아니라 끈끈하게 휘감기는 느낌.

"네가 그런 걸 신경 쓸 아이니?"

아키오가 턱을 더 깊게 괴었다. 오른쪽 눈 밑에 주름이 잡혔다.

이 녀석, 천사인가? 하고 가끔 생각한다.

우정에 눈이 멀어 '나의 천사'라고 생각하는 건 아니다. 천사라는 이름의 우주 생명체라고나 할까. 아키오를 보고 있으면 인간이란 뭘까? 하는 생각이 든다. 정체를 알 수 없어, 신기하다는 기분이 든다. 누구에게도 느끼지 못한 기분이다. 이 녀석이 인간이 아니라면, 뭘까? 하고 생각했다. 딱 맞는 말이 떠오르지 않으니까, 천사가 가장 가까울까? 그렇게 결론을 내렸다.

아키오가 커밍아웃을 한 지 이제 3주가 지났다.

여름방학이 끝나고 새 학기가 시작된 날, 학급 회의 시간이었다. 그녀가 손을 번쩍 들고 이렇게 말했다.

"나는 지금 겉모습은 남자지만, 마음은 여자입니다."

교실 전체가 조용해졌다. 담임선생님 눈이 휘둥그레졌다.

"그, 그러냐. 쉽지, 않았을 텐데, 말, 말 잘했다."

선생님은 더듬더듬 그런 말을 했지만, 머리가 쫓아가지 못한다는 건 한눈에 알 수 있었다. 성에 관한 교육 영상을 보고, 여러 의견이 오가고, 잇달아 여러 가지 시도가 있었지만, 전부 겉돌았다. 선생님의 두려움만 상대한 시간이었다.

그렇게 우려하지 않아도, 우리는 성의 존재 양식이 독특하다는 이유만으로 아키오를 괴롭히거나 따돌리지 않는다. 그런 유치한 짓은 하지 않는다.

다만, 당황스러웠다. 모두가 아키오한테서 멀어진 것도 사실이다.

아키오가 뭘 잘못한 것은 아니다.

우리로서는 거대한 참치가 갑자기 눈앞에 놓인 상

황이나 다름없었다. "자, 드시죠!"라고 해 봐야, 잘라 먹을 수 없다.

교육 영상도, 의견 교환도 도움은 되었다. 하지만 참치 해체용 칼이 우리 손에 쥐어진 수준은 아니었다. 애당초 주워들은 풍월은 많다. 정형화할 수 없는 성이 있을 뿐만 아니라, 여러 형태의 사랑이 있다는 것도 이미 알고 있다. 윤리, 국어 등 여러 수업에서 다룬 주제이기도 했다. 수업을 들을 때는 나와 아무리 다른 사람이라고 해도 이해하고 수용하자고 생각했다. 그러니까 성별은 물론 나이도 인종도 경계가 없는 게 좋다는 것은 안다.

교과서의 내용은 무리 없이 쓱 받아들였는데, 반경 5미터 안에서 그런 일이 생기자 얘기가 달랐다.

우리는 아키오와 자연스럽게 얘기를 나눌 수 없었다. 그의 머리를 똑바로 쳐다볼 수 없었다. 나도 왜 그런지 잘 몰랐다. 내가 차별주의자였나? 그런 불안마저 싹텄다. 머리로는 '다양성'이라는 말을 아무렇지 않게 연상할 수 있는데, 마음속으로는 그저 놀라고만 있어

어이가 없었다.

마음속에 여닫을 수 있는 문이 있어서, 납득할 수 없는 것과 마주쳤을 때는 닫을 수 있는 듯하다. 갈 곳 잃은 '현실'이 이곳저곳을 떠돌다, 우리를 뒤흔들기 위해 찾아왔다.

아키오의 커밍아웃에 이렇게 동요하다니, 우리 마음이 너무 좁은 거 아냐.

그 느낌, 집단 좌절이라고 하면 좋을까.

말로 하자면, 세계의 붕괴였다. 우리는 위기에 봉착했다(요즘 이 말이 마음에 든다). 내가 누구인지 알 수 없어졌다. 엉겁결에 차별적인 언어가 입에서 튀어나오는 것은 아닐까 긴장하게 되었다. 자기 입에서 나오는 말을 믿을 수 없게 되었다.

그 대응책으로 아키오를 공격하거나 배제하는 선에 이르지 않은 것은 오로지 주워들은 풍월 덕분이다. '그러는 건 촌스럽다'는 지식이 평화를 지켜 주었다. 거짓 평화였는지도 모르지만.

아키오가 반에서 고립되었으니까.

우리가 직면한 문제는 아키오를 어떻게 대해야 하나? 하는 것이 아니라, 지금까지 뭘 '보통'이라고 여겨 왔는지, 지금까지 유일무이하다고 믿어 왔던 세계가 어떤 것이었는지, 세계가 어떻게 하나라고 천진하게 믿을 수 있었는지, 그런 수수께끼였다. 누가 가르쳐 준 것도 아닌데, 마치 세뇌된 것처럼 몸에 배어 있는 '보통'. 그걸 자각하고 수수께끼를 풀 필요가 있었다.

우리 마음속에 자리하고 있는 문을 여는 방법을 찾고, 현실을 납득해야만 했다.

나의 몸은 여자이고, 그 사실에 아무런 의문이 없다. 그런데 우리는 가장 먼저 그것은 하나의 형태에 지나지 않는다는 사실에 놀랐다. 왜 놀랐는지를 생각한 다음 지점에 참치 해체용 칼이 있을 것이다. 아니지, 그 칼을 '만든다'고 하는 편이 좋을지도 모른다. 그러니까 거기에 있는 것은 대장간. 우리는 대장장이.

"아키오는 조금도 이상한 게 아니야. 서로의 차이를 인정하고 우리 반의 결속을 다지자."

선생님은 그렇게 말했지만, 우리는 모두 '그런 게 아

니잖아' 하고 생각했다(이상한 게 아니라니, 아키오에게 사과하시죠, 선생님!).

아키오도 그 자리에 있었는데.

자기를 있는 그대로 드러냈더니 학급 회의 안건으로 회부되고 온갖 눈총을 받는 것은 어떤 기분일까. 시선이 화살처럼 마음을 찌르지는 않았을까. 차별해서는 안 된다거나 서로 인정하자는 융통성 없는 일반론이 진짜 자기 얘기를 하려는 입을 틀어막는 재갈이 되지는 않았을까.

그렇다, 우리는 '아키오에게 사과하라'고는 생각했지만, 말은 하지 않았다. 선생님이 원하는 대로 일반론을 얘기했다. 거부는 하지 않았지만, 아키오를 받아들이려 한 것도 아니었다.

'받아들인다'는 게 뭔지 알 수 없어서.

우리의 집단 좌절은 무의미한 우월감과의 전투이기도 했다. 자칫하면 받아들여 '주지, 뭐' 하는 식으로 생각하게 될 분위기였다.

아키오와 우리.

1 대 29명.

소수 대 다수.

다수파가 조성하는 틀 속에 소수파를 어떻게 편입할 것인가. 그런 문법으로 '받아들인다'를 생각하는 나를 깨닫고 몸서리를 쳤다.

우리는 언어가 없으면 생각하지 못한다. 그 언어는 긴 역사 속에서 다수파가 빚어낸 것일 수도 있다. 그러니 그 바깥쪽에서 보고 생각하는 것은 불가능할지도 모른다. 받아들인다는 게 뭐지? 결국 '받아들여 주는' 게 되는 건가?

아무 장비 없이 에베레스트산에 오르라는 소리를 들은 듯한 기분이 들었다.

아키오가 우리의 판결을 기다리는 것은 아니다. 그건 잘 안다.

수업이 끝나고 아키오는 후련하다는 듯이 학생회에 요청서를 제출했는데, 내 눈에는 행동 에너지를 방패 삼아 그때 일을 생각지 않으려는 듯 보였다.

우리는 세계의 붕괴와 어떻게 마주해야 했을까?

선생님은 우리 의문의 참뜻을 인식하지 못한다. 우리가 우리 의문을 말로 표현하지 못한다는 것도 모른다. 수업을 하고, 적절한 지도를 하고, 우리가 얘기하는 일반론을 말 그대로 받아들이고, 별문제 없다고 생각한다. 선생님은 우리를 바보라고 여기는 게 아닐까. 간혹 그런 의심이 든다. 의문을 말로 표현하지 못하는 것이 바보의 증거라면 바보일 수도 있겠지만, 그렇다면 학교는 있을 필요가 없다.

아무튼 나는 아키오가 커밍아웃을 해 줘서 한 가지 고마운 일이 있다.

4월 초순의 체육 시간에 포크댄스를 췄다.

"요즘 세상에 포크댄스!"

엄마는 내 얘기를 듣고 그렇게 빈정거렸다.

'우리 반의 친목을 도모하고 단결을 공고히 하기 위해서'라고 한다. 단결이라는 말, 학교 선생님 모두가 사용한다. 우리가 스파게티인가.

반이 바뀐 지 얼마 안 되었는데 이성의 손 따위 잡을 수 없다. 남학생도 여학생도 우물쭈물했다.

"왜들 그렇게 부끄러워해!"

스즈키 체육 선생님이 웃었다.

그리고 이렇게 말했다.

"이 세상에는 여자와 남자밖에 없다고!"

그 순간, 우리는 뭉쳤다. 모두의 머리 위에 의문부호가 떠올랐다. 반 아이들의 의식이 하나가 되었다. 정말 한순간의 일이어서 선생님은 미처 알아차리지 못했을 것이다. 우리 자신도 왜 뭉쳤는지 몰랐다.

"그건 그렇지, 뭐. 남자와 여자밖에 없지."

본의 아닌 수용을 나타내면서 슬금슬금 원을 만드는 수밖에 없었다.

아키오가 커밍아웃 했을 때, 나는 그때의 느낌을 떠올리고 있었다.

그때의 위화감을.

'이 세상에는 여자와 남자밖에 없으니까 부끄러워할 거 없다.'

우선 이 공식의 의미를 알 수 없었다. 남자와 여자 두 종류밖에 없다는 것과, 부끄러워하지 않아도 되는 이유가 어떻게 이어지는 것일까.

만약 '지구상에는 여자와 남자밖에 없으니 생물끼리 사이좋게 잘 지내자' 하는 의미라면 더욱이, 중학교 체육관에서 할 말이 아니다. 나는 비슷한 대사를 텔레비전에서도 들은 적이 있다. 재방송하는 옛날 드라마에서, 호스티스에게 치근대는 아저씨가 하는 말.

선생님들은 섹스를 환기하는 화제나 단어를 언급할 때면 주춤거리면서, 자신이 그 문제를 어떻게 대하고 있는지에 대해서는 자각이 없다.

이 세상에 정말 여자와 남자밖에 없는 거야? 그렇게 딱 잘라서 구별할 수 있는 거야?

지금까지 살아오면서 우리는 경험상, 이 세상에 다양한 것들이 뒤섞여 있다는 걸 알고 있다. 울고 싶은 기분과 웃고 싶은 기분, 분노와 희열. 마라톤을 뛰는 도중에 텐션이 높아지는 것처럼 고통과 유쾌함이 공존한다. 언뜻 보기에는 상반되는 것 같아도 각각은 반원, 둘이 모여 원이 된다. 물에 두 가지 색 물감을 풀었을 때처럼, 그 경계는 아름다운 그러데이션을 보인다.

여자와 남자밖에 없다. 마치 자로 선을 죽 그은 듯한 말투에 의문을 느낀 것은, 우리의 경험이 울린 경종이었다.

애당초부터 난폭한 말이었다. 아니, 그냥 욕이다.

선생님들이 단언하는 것처럼 세상이 단순하지는 않다는 걸, 우리는 아주 오래전부터 알고 있다. 일제히 떠오른 의문부호는, 우리의 지성이 반응한 순간이었다. '단언'의 대부분이 난폭한 행위라는 걸, 각자가 이미 알고 있다는 것을 자각한 순간이었다.

우리는 영악해서, 머릿속에 분리기를 구비하고 있다. 선생님이 좋아하는 질문이 어떤 것이고, 해서는 안 되는 질문은 어떤 것인지 구분할 수 있다.

우리는 일상적으로 의문을 어둠에 묻는다. 어쩌면 지금까지 한 번도 본 적 없는 아름다운 꽃의 씨앗일지도 모를 의문. 아키오 덕분에 그 씨앗을 한 톨이라도 건질 수 있었던 것은 정말 굉장한 일이었다고 생각한다.

지금, 나의 눈썹을 놓고 아옹다옹할 수 있는 것은 아키오의 태도가 포크댄스 때를 떠올리게 한 덕분이다. 그녀는 아주 작은 부분이지만, 나를 구해 주었다. 그래서 고마운 마음이 당혹스러움과 거리를 두도록 힘을 보태 주었다.

내 눈에도 아직은 아키오가 남자로 보이고, "나, 있지~" 하고 말할 때면 속으로 움찔 놀라지만, 그 정도는 바로 적응이 될 것이다.

아키오는 내 눈썹이 거슬려서 계속 내 주위를 맴돈다. 눈썹 따위는 어떻든 상관없는 (실제로는 상관이 있지만!) 화제라서, 자기 기분대로 다가올 수 있었을 것이다.

그 몇 걸음을 다가온 덕분에, 나와 아키오 사이에는 우정 비슷한 것이 흐른다. 음, 사실 다가온 것도 아닌가? 우연이거나 인연에 가까울지도 모른다.

아키오의 용기가 이끌어 준 인연이다.

이렇게 될 수 있어서 다행이다. 내가 적응이 되면 다

른 아이도 적응할 수 있을 테니까.

우리가 직면한 위기는 사실 참 막연하다. 열네 살짜리 대장장이는 칼을 만들 수 없다. 하지만 '적응'도 하나의 지혜가 아닐까. 머리가 아니라 몸이 지닌 신기한 지혜라고 생각한다.

3

아빠가 집을 나갔다.

어디 갔는지는 알고 있다. 아빠는 친가를 아주 좋아하는 사람이다. 도쿄 토박이라는 거, 참 좋다. 나도 도쿄 토박이지만, 어른이 되어 친가를 피난 장소 삼지는 않을 듯하다.

지방 출신인 엄마는 갈 곳이 없다.

그렇다고 아빠가 '당신은 갈 곳이 없으니까 내가 나가지' 하는 마지막 애정으로 집을 뛰쳐나간 것은 아니다.

아까 아빠는 화가 나서 얼굴까지 허옇게 질렸지만,

'친가에 가서 엄마가 만들어 준 카레 먹으면서 게임이나 하지, 뭐' 하는 속내가 뻔히 보였다. 결혼은 왜 했을까.

이렇게 말은 장난스럽게 하고 있지만, 슬프지 않은 것은 아니다.

나는 아빠와 엄마 사이에서 태어났다. 아빠와 엄마가 서로 반발하면 나는 내 몸이 양쪽으로 찢겨 나가는 것처럼 아프다. 나는 아직 탯줄이 끊어지지 않았다. 한쪽 발은 유아의 영역에 머물러 있다. 아빠와 엄마의 슬픔이 곧 나의 슬픔이다. 몸 안으로 콸콸 흘러든다. 그럴 때마다 세포가 짓뭉개진다. 공기가 든 완충재를 손가락으로 톡 톡 터뜨리는 것처럼, 아주 쉽게.

아빠는 그런 때는 폼이 안 난다. 하지만 내게는 소중한 사람이다.

엄마는 마음에 철솜을 두르고 있다. 회색 철솜은 가칠가칠하고 단단해 보이지만 실은 잘 탄다. 과학 실험 중이라면 재미나겠지만, 가족으로는 진짜 짜증 난다. 그래도 내가 세상에서 가장 좋아하는 사람이다.

가장 소중하고 좋아하는 사람들이 전쟁을 하면, 내 몸에 구멍이 뚫린다. 전쟁은 간접적인 담배 연기보다 효율적으로 나를 죽인다.

두 사람은 오늘도 수박 때문에 싸웠다.

엄마가 아빠가 보는 앞에서 수박을 먹었다. 제철이 지나 맛도 없는 수박이었는데 '당신의 금단증상, 지겨워 죽겠다' 하는 의사 표시였다. 그 퍼포먼스의 효과는 어마어마했다. 아빠는 버럭버럭 화를 내며 집을 뛰쳐나갔다.

엄마는 싱크대에 버려진 반찬을 치우고 있다. 아빠는 화가 치솟으면 음식을 그릇째 내던지는데, 그거 하나는 정말 안 했으면 좋겠다. 그는 우리가 먹을 양식, 우리 몸을 구성할 수도 있었을 음식을 쓰레기로 만들었다. 우리에게 살지 말라고 하는 거나 마찬가지다.

엄마는 석고 가면 같은 표정이다. 나는 엄마를 돕고 싶은데, 몸이 말을 듣지 않는다. 거실에 떠다니는 자잘한 얼음 알갱이에 몸이 얼어붙었다.

말없이 치우고 있는 등의 움직임이 내게 무슨 작용

을 했는지, 느닷없이 엄마에게서 어린 소녀가 보였다. 엄마가 작아 보인 게 아니라, 엄마 몸에 어두운 구멍이 뚫리고 그 안에서 어린 여자아이가 보였다.

그 아이가 나를 보고 있다. 어렸을 때 엄마인가?

여자아이는 애처로운 눈빛으로 무언가를 전하려 한다. 입이 막혀서, 알아들을 수 없다. 여자아이의 등 뒤에서 뻗어 나온 두 손이 입을 막고 있다.

어른이 된 엄마의 손이다.

나는 때로, 그런 환영을 본다. 아마, 탯줄 탓이리라.

입안에서 비릿한 쇠 맛이 났다. 도망치듯 내 방으로 돌아갔다. 나는 치우는 것조차 도울 수 없다. 엄마 미안해, 엄마 미안해. 머릿속에서 몇 번이나 사과한다.

불을 켜고 싶지 않아, 그대로 멍하니 있었다.

책꽂이 옆 벽에 벽걸이 훅 두 개가 붙어 있다.

하나에는 세일러복이 걸려 있다. 검은 깃에 하얀 줄이 셋, 붉은 리본. 이 디자인은 옛날부터 그대로다. 몇십 년 동안이나 여자아이들은 이 옷을 입어야 했다. 호적상의 성별, 태어났을 때 부모와 의사가 판별한 성별에 따른 여자아이는.

그 옆에는 학교 가방이 걸려 있다. 어깨에 메는 하얀 가방, 역시 시대가 바뀌어도 변하지 않은 디자인이다. 같은 반 아이들은 키홀더를 달거나 스티커를 붙여 꾸민다. 그림을 잘 그리는 아이는 검정 마커로 그림을 멋지게 그렸다가 선생님에게 혼났다. 내 가방에는 아무것도 없다. 처음 샀을 때 그대로다. 가방이나 교복, 나 자신을 꾸미는 걸 남 일이듯 여긴다.

커튼 자락이 하얀 파도를 수놓은 것처럼 빛났다.

바람이 시원해졌다.

베란다에 나갔다가, 둥그런 보름달과 눈이 마주쳤다. 이 동네 공기는 맑다 할 수 없지만, 그래도 난 밤 내음은 좋아한다. 공기에 금목서 향이 섞이는 이 시기에는 왠지 마음이 담대해진다. 분주한 미래가 기다리고 있을 듯한 예감이 들끓는다. 무슨 일이든 할 수 있을 것처럼 설레는 기분. 금목서에는 그런 힘이 있다.

어디선가 갓난아기가 울고 있다. 누군가가 텔레비전을 보며 웃고 있다. 아파트가 촘촘히 서 있는 주택가,

집집에서 나는 소리가 아주 가깝게 들린다.

베란다 난간에 기대어 귀를 기울였다.

눈길을 아래로 떨궜다가 사람이 있다는 걸 알았다. 우리 집은 2층이라서 지상이 바로 내다보인다. 사람은 주차장과 화단 사이를 오가고 있었다.

"아키오."

몸을 내밀자, 그녀가 베란다를 올려다보았다.

어두워서 얼굴이 보이지 않는다. 집 안으로 돌아가 현관으로 향했다. 엄마는 어디 가느냐고 묻지 않았다. 엄마도 얼어붙은 공간에 나를 그냥 내버려 두고 싶지 않을 만큼은, 나를 사랑한다.

계단을 내려가자, 주차장 구석에 늘어진 길쭉한 그림자가 보였다.

"가오루코."

아키오가 우리 집을 아는 것은, 전에 잠깐 온 적이 있기 때문이다. 2주일 전쯤의 일이다.

아키오 머리가 빡빡 깎인 날이다.

학원에서 돌아오는 길, 나는 역에서 조금 떨어진 공원에서 우연히 아키오와 마주쳤다.

아키오는 어색한 표정으로 쭈뼛거렸고, 나도 말이 나오지 않았다. 그런데 이마에서 흐르는 피를 보고는 이내 침착해졌다.

등교용 가방에는 화장지도 반창고도 들어 있는데, 학원용 가방에는 학습 도구와 지갑밖에 없어서 집으로 데려갔다. 마침 손수건이 있어서 가는 도중에 이마에 대어 주었다. 며칠 후, 아키오가 새 손수건을 내게 선물해 주었다.

아키오는 집 안으로 들어오는 걸 꺼려했다. 나는 구급상자를 들고 나와, 주차장에서 그녀의 상처를 처치했다.

상처 자체는 깊지 않았다. 바리캉에 긁힌 것이리라.

내가 처치를 해야겠다고 생각한 것은 이마의 상처만은 아니었다.

아키오는 머리칼을 빼앗겼다.

내 머리는 고슴도치처럼 뻣뻣한 직모라서 엄마가 툭

하면 핀잔을 주지만, 그래도 내게는 소중한 것이다. 내 머리칼을 내 마음대로 할 수 있는 사람은 나뿐이다.

그건 누구나 마찬가지다.

나는 아키오의 머리칼을 어루만져 주고 싶었다. 동글동글한 빡빡머리와, 머리카락은 목덜미와 어깨에 들러붙은 몇 오라기밖에 남지 않았지만, 잃어버린 것도 어루만질 수는 있다. 아니, 그렇게 해야만 한다. 나의 사명이라는 생각마저 들었다.

그걸 분노라고 하는 것이리라.

소독을 하고 반창고를 붙이는 동안 내 머릿속에 화면이 흘렀다. 아키오의 아버지가 그녀 몸에 올라타 바리캉으로 머리를 밀고 있다. 나는 몇 번이나 눈을 감았다. 눈두덩이 저절로 감겼다. 몸이 보고 싶지 않다고 외쳤다.

그 화면은 내 손이 사라진 머리칼에 닿은 증거가 아니었을까. 잔인하게 깎여 나간 머리카락이 아직 아키오 주변에 있었던 거야!

"고마워."

아키오는 하필 넘어지는 장면을 보이고 말았다는 듯 머쓱하게 웃었다.

"세일러복을 입는다는 거, 들켰어. 엄마가 멋대로 내 가방을 열어 봐서. 그리고 아빠에게 즉시 보고했고."

내 피부가 불쾌하게 전율했다. 멋대로 가방을 열어 봐서. 즉시 보고. 기분 나쁜 말의 나열이다. 어디가 어떻게 싫은지 따지기조차 두렵다. 처음부터 끝까지 어둠이 배경인 호러 영화 같다.

"내 방을 뒤지는 거 종종 있는 일이라서 조심한다고 했는데, 빈틈을 보인 거지."

아키오는 머리를 만지작거렸다. 현실을 자신에게 일깨우려는 것처럼.

"그래도 이럴 수는 없지. 너무 심해서, 잠깐 산책이나 하려고 나왔는데. 가오루코 너를 만났네."

웃는 얼굴을 보고 싶지 않아, 나는 아키오의 코를 꾹 잡았다.

"집에 갈 수 있겠어?"

아키오는 장난스럽게 홍냐홍냐 콧소리를 내면서

내 손을 잡았다.

"가야지."

단호한 목소리였다. 투지가 깃든 눈빛에 나는 반하고 말았다.

다음 날 아침, 빡빡머리에 세일러복을 입은 미인이 교문 안으로 쏜살같이 뛰어 들어왔다.

"아키오."

지금, 나와 아키오는 며칠 전 장면을 재현하듯이 마주 보고 있다.

"왜?"

아키오는 잠시 말이 없었다. 나는 기다렸다. 그녀는 마음을 굳혔다는 듯이 두 팔을 올렸다. 세일러복의 옷깃이 보였다. 나는 설명을 받아 드는 것처럼 세일러복을 받아 들었다. 눈두덩이 내려왔다.

세일러복이 갈가리 찢겨 있다.

"누나에게 못 할 짓을 했어."

가로등 그림자에 싸인 그녀의 미소가 한기가 들 만

큼 예뻤다.

“추억의 교복인데.”

“네가 찢은 거 아니잖아.”

“응.”

“너는 아무 잘못 없어.”

“그럴까. 내가.”

“입 다물어.”

교복의 원래 주인은 그녀의 누나다. 아키오가 세일러복을 물려받은 걸 보면, 누나가 그녀를 이해해 준 것이리라. 응원해 준 것이리라.

아키오의 아버지는 세일러복과 함께 그 열린 마음까지 찢어 버렸다.

교복을 찢는 건, 음식을 버리는 것과 같은 행위다. 기쁨을 빼앗는 저주다. 먹는 것을 엄청 좋아하는 나, 세일러복을 애지중지하는 아키오. 기쁨을 빼앗기면, 그 자리에 크나큰 구멍이 뚫린다. 구멍은 블랙홀처럼 우리의 생명력을 앗아 간다.

그 효과를 아는 사람이 이리도 많다니!

덕분에 빡빡머리 미인은 몸속이 텅 비었다.

그렇게까지 하면서, 자기 아들을 어떻게 하고 싶은 것일까.

불쑥, 아빠 얼굴이 떠올랐다. 할머니가 만들어 준 카레는 맛있었을까. 배가 불러 뒤룩거리며 그 좋아하는 슈팅게임에 푹 빠져 있을까.

'바보 꼰대.'

미타카에 있는 할머니 집을 향해 속으로 욕설을 날렸다. 강력한 숙적이 등장하기 직전에 게임기가 고장나면 좋겠다.

"난, 괜찮아."

아키오의 입꼬리가 살짝 올라갔다. 오래 이어지지는 않았지만.

"자, 잠깐, 산책이나 하려고, 했을 뿐이야."

나는 교복을 꼼꼼하게 접어서 아키오에게 돌려주었다.

"잠깐만 기다려."

계단을 뛰어 올라가 방에 들어가서, 지갑과 교통카

드를 숄더백에 담았다. 스마트폰은 가져가고 싶지 않았다. 옷장에서 파카를 꺼내고, 책꽂이 꼭대기에 놓인 스웨이드 접시에서 헝겊 주머니를 집어 든다. 손안에 쏙 들어오는 귀여운 새틴 주머니다.

여든여덟 생신날, 축하 자리에서 증조할아버지가 자손들에게 선물을 줄 때, 내게만 살짝 건네준 것이다.

당시, 나는 초등학생이었다. 증조할아버지가 하는 말의 의미도 잘 몰랐다.

"가오루코가 열다섯 살이 될 때까지는 이 집을 보존하라고 유언장에 써 놓았다."

그러나 지금 열네 살인 나는 알고 있다.

가죽 북 커버와 크리스털 책갈피도 멋졌지만, 그건 눈가림이었다.

'숨을 곳'이야말로 증조할아버지가 내게 준 선물이었다.

4

증조할아버지의 손자는 우리 아빠 말고도 한 명 더 있고, 증손자는 나 말고도 두 명 더 있다. 증손인 다로와 지로(가명)와는 원래부터 소원한 사이여서, 증조할아버지 집의 사용권은 내게 있었다. 나만 특별 취급을 받은 셈인데, 다로와 지로가 시샘한 적은 없다. 사춘기가 되기 전부터 '친척 집에 가서 뭐 하게'라는 사고를 갖고 있던 그들은 그날도 얼굴을 비치지 않았다.

식사하는 자리에서 증조할아버지는, 당신이 죽어도 가오루코가 열다섯 살이 될 때까지는 그 집을 보존하라고 언명했다.

작은할아버지 둘과는 사전에 의논한 듯했다. 성가시다고 여겼겠지만, 그들은 아버지 유지를 받들기로 결정했다. 우리는 무조건 '증조할아버지 생각에는 깊은 뜻이 담겨 있다'고 생각하고 있었다. 밤새워 마작을 하거나, 금전 운이 좋아진다고 새끼손톱만 기르는 행위에 무슨 깊은 뜻이 있느냐고 물으면 할 말이 없다. '할아버지는 다 생각이 있어서 그런 언행을 하는 것이고, 언젠가는 반드시 좋은 결과가 있다'고 믿는다는 것 자체가 집안의 기둥에 기대고 있다는 뜻이었다.

증조할아버지의 엉뚱함에 익숙했던 이유도 있다. 다들 놀라면서도 수긍했다.

나를 시샘한 사람이 있다면, 우리 아빠 정도였을까.

나는 그 집을 상속한 것이 아니다. '여차하면 숨을 장소가 있다'는 안심을 물려받은 것이다. 증조할아버지가 당신 손자 부부의 불화를 미리 예상했는지, 아니면 내가 청춘의 거친 파도를 무사히 넘을 수 있도록 배를 빌려준 것인지, 모른다. '열다섯 살이 될 때까지'라는 기한이 달린 선물이다. 증조할아버지 생각에 열

여섯 살부터는 어엿한 어른이었는지도 모르겠다.

그 집은 한노에 있다. 네리마에서는 전철을 타고 약 1시간 거리다. 역에서도 좀 걸어야 하지만, 이 시간이면 아직 버스가 다닌다.

문을 닫기 직전의 빵가게에서 샌드위치와 음료를 사 들고 역으로 갔다.

아키오는 지갑도 가지고 있지 않아서 내가 전철표를 샀다.

"갚을게."

아키오는 몇 번이나 말했다. 빵값도 갚을게.

"가출하자는 거 아니야."

교통카드를 개찰구에 댄다. 삐, 소리가 등을 떠민다.

"막전철 타고 돌아오면 되니까."

아키오는 안도한 듯이 고개를 끄덕거렸다. 그녀가 들고 있는 쇼핑백은 내 방에 있던 것이다. 서점 로고가 커다랗게 찍혀 있다.

"우리 집도 지금 편안한 분위기가 아니라서. 이 시간에는 패밀리레스토랑에도 오래 있을 수 없잖아. 장소가 있으니까 거길 사용할 뿐이야."

아키오는 정말 안심이 된다는 표정을 지었다.

사실은 나도 증조할아버지가 돌아가신 후로 처음 가는 것이다. 아빠와 엄마가 싸워서 집 안이 엉망진창이 되어도 집을 나갈 수는 없었다. 거리를 떠돌 수도 없었다.

나는 언제나 새틴 주머니를 손에 꼭 쥐고 귀를 막고 있었다. 언제든 도망칠 수 있다, 여차하면 피신할 수 있는 곳이 있다. 속으로 그렇게 중얼거리면서 몸을 웅크리고 있었다.

겁이 났기 때문이다. 모르는 곳에 가기가 겁났다.

나는 아무도 없는 집을 모른다. 나는 아빠와 엄마가 없는 장소를 모른다. 나는 아직, 안전망이 없는 곳에서는 공중그네를 타지 못한다. 언제나 부모님과 선생님을 조롱하는 주제에, 사실은 겁쟁이다.

아키오는 플랫폼의 점자 표지판을 손톱으로 톡톡 치면서 선로를 쳐다보고 있다. 창백하지만 용감한 옆얼굴이다. 있고 싶지 않은 장소에서 도망쳐 나왔다는 것은 정말 대단한 일이다.

전철이 왔다. 일을 마친 회사원들이 타고 있다. 지친 얼굴이 기름기로 번들거린다.

빈자리가 하나 있어 아키오에게 앉으라고 하자, 고맙다는 듯이 손을 내밀었다. 숄더백을 맡겼다.

샤쿠지공원 역을 지나자 자리가 비었다. 나는 아키오 옆에 앉았다.

"배고프니?"

"조금."

"카레빵도 살 걸 그랬네."

"샌드위치 세 개랑 초코소라빵 두 개……."

"되겠어? 나, 빵은 한꺼번에 네 개도 먹을 수 있는데."

"나도."

아키오가 쇼핑백을 꼭 껴안았다.

"힘든 일이 있으면 배가 고파진다니까."

"그러게. 상사병에 걸리면 어떨까."

《겐지 이야기》에서는 등장인물들이 모두 사랑병을

앓느라 건강을 잃는다. 누군가를 애타게 그리는 마음 하나로 먹지 않고도 살 수 있다니, 참 신기하다.

"살다 보면 알 수 있지 않을까."

"글쎄, 그럴까."

"혹시 네가 살이 빠지면, 사랑을 하고 있구나, 속으로 그렇게 생각할게."

"왜 속으로?"

"웃음이 나올 것 같아서."

"야!"

아키오가 목을 움츠렸다. 눈가에 웃음이 맺혔다.

"가오루코 너, 슈퍼걸이야. 3년 후에는 인기 폭발일걸."

"내가?"

"그래."

이제는 웃고 있지 않다.

"이상한 말이네."

키도 작고 뚱뚱한 내가 인기 폭발이라니, 있을 수 없는 일이다.

"눈썹 정리하면 다음 달쯤 가오루코 붐이 일지도 모르지."

"싫다니까 그러네."

아키오는 눈썹이 예쁘다. 그 위에 있는 이마도 예쁘다. 이런 이마를 '수려한 이마'라고 하는 것이리라.

그러고는 한노에 도착할 때까지 우리는 아무 말도 하지 않았다.

*

새틴 주머니에서 열쇠를 꺼내 현관문에 꽂는다. 옆으로 밀어 여는 구식 문이다. 오래되어 그런지 열쇠를 돌리기도 힘들었다.

현관에 들어서면 오른쪽에 내 허리 정도 오는 높이의 신발장이 있다. 갈색 고무 슬리퍼 한 켤레가 들어 있었다. 왼쪽에는 붙박이 장식장, 그 위에 곰 조각상과 배가 올챙이처럼 볼록한 포대화상(웃는 얼굴에 배가 불룩 튀어나오고 포대 자루를 짊어진 중국의 고승-옮긴이) 모양의 문진이 놓여 있다.

나는 발꿈치를 들고 손을 쭉 뻗어 오른쪽 벽 저 위에 있는 뚜껑을 열었다.

"그게 뭐야?"

"차단기."

몇 년 전, 여든여덟 생신 축하 파티를 한 다음이다. 증조할아버지가 나를 데리고 집 안을 안내해 주었다. 내가 혼자 사용하게 되었을 때 당황하지 않도록, 2층 덧문을 여는 방법과 창고의 전기 스위치 위치 등을 가르쳐 주었다. 차단기라는 것이 있고, 그게 어디에 있고, 어떤 역할을 하는지도.

나는 그때껏 덧문을 열어 본 적이 없고, 창고에 들어간 적도 없었다. 아는 집인데, 모르는 게 많았다.

"내가 할까?"

아키오가 긴 손을 공중으로 뻗어 차단기 스위치를 탁 위로 올렸다.

"예쁘다. 춤추는 것 같아."

"뭐가?"

아키오는 어색한 듯이 한쪽 눈썹을 찡그렸다.

"정말 예뻤으니까 그렇지."

벽에 있는 스위치를 누르자, 불이 켜졌다. 깜짝 놀랐다. 정말 집이 '보존'되어 있었다.

오랜만에 친구와 재회한 듯한 기분으로 총총 걸어 부엌에 갔다.

냉장고 콘센트는 꽂혀 있지 않았다. 관처럼 보였다.

"물도 안 나오네."

싱크대 위의 수도꼭지를 돌려 보았지만, 헛돌았다. 가스레인지도 불이 켜지지 않는다.

"사용할 수 없는 거야?"

아키오가 내 손을 들여다본다.

"아니."

증조할아버지는 가스와 수전의 위치도 가르쳐 주었다. 수전은 부엌 밖에 있다. 낡은 슬리퍼를 신고 밖에 나가 수전을 열었다.

"가오루코, 물 나와!"

부엌 창문 너머에서 아키오가 외쳤다. 보물 상자 뚜

껑이라도 연 듯한 목소리였다.

나는 다시 들어와, 가스레인지 앞에 섰다. 굵고 짧은 호스가 벽에 부착된 미니어처 의자 같은 것에 연결되어 있다. 미니어처 의자 상부에 검은 스위치가 있었다.

"이게 가스 밸브야. 이걸 세로 방향으로 돌리면 가스레인지도 사용할 수 있을 거야."

"돌리는 거 좀 겁나지 않니? 가스잖아, 폭발하면?"

"똑같은 말을 하네. 나도 그런 생각을 했는데, 말하면 못 할 것 같아서 잠자코 있었거든. 아키오, 네가 해."

"헉, 내가?"

나는 재촉하듯 가스 밸브 쪽으로 손바닥을 내밀었다.

아키오는 마른침을 삼키고, 조심조심 손을 내민다.

"짜잔!"

밸브를 돌리는 타이밍에 소리를 지르자, 아키오는 놀라서 펄쩍 뛰었다.

"야, 뭐 하는 거야!"

"약속했는 줄 알았는데."

"네가 이런 멍청한 짓을 하다니! 실망이다."

아키오가 쇼핑백을 가슴에 껴안은 채 발을 동동 구른다. 창백하던 얼굴에 조금 핏기가 돌아왔다.

가스레인지 스위치를 돌리자, 새파란 불꽃이 동그랗게 피었다.

수도도, 가스도, 전기도 문제없이 사용할 수 있었다. 증조할아버지는 내게 진짜 도망칠 곳을 마련해 주었다.

좀 더 빨리 와 볼걸. 도망치기 위해서가 아니라, 청소도 하고 집 안 손질을 하러.

"미안해요, 할아버지."

마룻바닥 복도는 먼지가 끼여 가슬가슬했다. 마당으로 내려가는 툇마루는 비바람에 상해 들뜬 곳도 있었다.

증조할아버지가 바로 가까이에 있다는 걸 느꼈다.

어떤 맥락에서 그렇게 물었는지는 잊었지만 "할아버지는 다시 태어나면 뭐가 되고 싶어?" 하고 물은 적이 있다. 초등학교 저학년 언저리였을까. 툇마루에 나란히 앉아 쌀과자를 먹고 있을 때였다. 나는 할아버지 입에서 '미녀로 태어나서 할리우드 영화에 방방 출연한다' 하는 대답을 듣고 깔깔 웃고 싶었으리라.

"두 번 다시 태어나고 싶지 않다, 할비는."

증조할아버지는 양 볼에 잔물결 같은 주름을 지으며 쌀과자를 깨물었다.

"인생이 딱히 고생스러웠던 건 아니야. 그야 물론 싫은 일도 많았지만, 싫었던 일은 즐거운 일이 10초 정도만 있어도 잊어버리거든."

"그럼 왜 다시 태어나고 싶지 않은데?"

할아버지는 쇳가루 같은 담배에 불을 붙이고 껄껄 웃었다.

"몸이 없는 편이 자유롭고 기분도 좋을 것 같으니 그렇지."

그런 사람이, 당신의 죽음 후까지 소유물을 남기라고 유언을 썼다.

"할아버지."

곰팡내 나는 공기가 고여 있어, 아키오와 둘이 온 집

안의 창문을 열었다. 아니, 거짓말을 했다. 2층은 올라가기가 무서워, 1층 창문만 열었다. 수돗물도 미지근한 느낌이 들어서, 계속 틀어 놓았다.

10분쯤 지나자 공기가 신선해졌다. 수돗물도 시원하고 깨끗해졌다.

증조할아버지의 집은 길쭉하다. 널마루 복도가 남북 방향으로 죽 이어진다. 현관에 들어서면 바로 거실, 그 안쪽에 부엌. 싱크대 위 창문으로 마당이 내다보인다. 부엌 안쪽에 침실. 침실 앞에 2층으로 올라가는 계단이 있다. 원래 있던 집에 옆으로 증축을 계속하다 보니 이런 구조가 된 듯하다. 부엌과 침실 사이에 마당이 있고, 두 공간을 잇는 복도에 툇마루가 튀어나와 있다.

창문을 닫았다. 좀 싸늘했지만, 계속 환기를 하고 싶어 거실 창문은 그대로 조금 열어 두었다. 낮은 밥상에 빵과 음료를 늘어놓는다. 나는 주스를 싫어하기 때문에 종이 팩에 든 녹차를 샀다. 아키오는 카페오레다.

커틀릿샌드위치와 달걀샌드위치와 베이컨토마토샌

드위치를 한 조각씩 먹었다. 두툼했지만 우리에게는 날름 먹어 치울 수 있는 양이다.

"이 빵가게, 맛있다."

미처 입에 들어가지 못한 양상추 조각이 아키오 턱에 들러붙었다.

"물티슈 있어."

"고마워."

"문 닫기 바로 전에 사서 빵이 눅진한데도 맛있네. 왜지?"

"샌드위치는, 빵이 좀 눅진해도 용서되지 않니?"

"음, 엄마가 만든 샌드위치면."

"그 맛에 익숙하니까."

"그렇구나. 그럼 정말 맛있어서 맛있다는 건 아니네."

"소라빵은 진짜 다 맛있지만. 크림 속에 잘게 부순 초콜릿이 들어 있잖아. 나, 그거 좋아해."

"알 것 같다."

우리는 애써, 해도 그만 안 해도 그만인 얘기를 나

눴다.

곰팡내 나는 집 안에서 단둘이 있자니, 상상했던 것 이상으로 불안했다. 때로 집이 흔들리는 것처럼 웅웅거리는 소리가 나는 것도 싫었다.

나무 집은 살아 있거든. 목재가 늘어나기도 하고 줄어들기도 하고 말이다. 할비 무릎처럼.

증조할아버지의 무릎은 앉을 때마다 뿌드득, 소리가 났다.

증조할아버지는 장난삼아 집귀신 따위의 이야기를 하는 사람은 아니었지만, 그래서 오히려 수수께끼 같은 사람이 함께 사는 듯한 느낌이 들었다. 나는 '동거인 X'라고 불렀다.

초코소라빵도 다 먹었다. 거실에 텔레비전이 있었지만, 볼 마음은 없었다.

"학교에서 전화가 왔어. 세일러복 입고 다닌다고. 우리 부모님은, 내 머리를 빡빡 밀어서 포기시켰다고 생각했으니까. 우리 엄마, 전화받으면서 얼굴이 하얗게 질리더라."

아키오는 조그맣게 숨을 토한다. 쇼핑백에서 세일러복을 꺼내 바닥에 펼친다.

"선생님은, 내가 무슨 일이 있어도 그러고 싶다면, 교복을 포함해서 개별적으로 접근하겠다고 말한 것 같은데."

"뭐니, 그 말은?"

불쑥 화가 치밀어, 나는 빵 봉지를 집어 마구 구겼다.

"'무슨 일이 있어도 그러고 싶다면'이 뭐냐고. 마치 네가 취미로 세일러복을 입고 싶어 하는 것처럼 들리잖아! …… 왜 웃어?"

"모르겠어. 그냥 웃음이 나오네. 나, 선생님 말에 좀 답답했거든. 그런데 이유를 몰랐어. 개별적으로 접근하겠다고 하는데 왜 분할까, 하고 말이야. 그런데 네가 화를 내니까 속이 확 풀리네. 아마, 기뻐서 웃는 걸 거야."

아키오는 두 손으로 입을 가리고 어깨를 흔들며 웃었다.

"나는 내 권리로 세일러복을 입는데, 선생님에게는 나의 '바람'인 거지. 나는 어디까지나 남자아이. 여자아이가 되고 싶은 남자아이. 나는 '되고 싶은' 게 아니야. 원래부터 그랬던 거지. 이미, 그래. 세일러복을 입는 걸 바라는 게 아니야. 입어야 한다고. 여자아이는 바라지 않아도 당연히 입는 거니까. 남녀를 구별하는 교복이 바람직한지, 바람직하지 않은지, 이건 그 문제와는 다른 얘기야. '무슨 일이 있어도 그러고 싶다면'이라는 말은 '너를 여자아이로 인정하지 않지만 그렇게 생각해 줄 수는 있다'는 뜻이잖아. 나는 선별되어야 하는 존재가 아니라고. 인정해 달라고 애원하는 것도 아니고. 그래서 분했던 거네. 그런 거였어."

아키오는 상큼하게 웃으며 배를 쓱쓱 문질렀다.

"아, 내 입으로 말을 하고 나니까 훨씬 시원하네. 가오루코, 고마워."

"어? 아, 응……."

뭔지 모르겠지만 고맙다는 말을 들어서, 나는 어쩔 줄 몰랐다.

"그게, 너, 선생님 전화 때문에 부모님에게 들켜서 여기 온 거잖아. 접근은커녕 오히려 역효과. '지옥으로 가는 길은 선의로 포장되어 있다'라는 말, 딱 그대로네!"

"하하하하, 왜 또 들쑤셔. 아하하, 이제 그만해."

나의 분노는 벌써 어디론가 사라지고 없었다. 아키오가 웃어만 준다면, 한참은 '걸핏하면 화를 내는 캐릭터'여도 상관없었는데.

눈물이 핑 돈다. 선생님은 선생님 나름으로 아키오에 대해 진지하게 고심했을 것이다. 그런데 우리는 위화감만 찾아내고 있다. 이래서 서로를 이해할 날이 오기는 할까.

아니지, '이해해 줬으면 하는 사람이 이해해 줄 것'이라고 믿을 수 있는 날이 올까.

개별적으로 접근한다.

서로의 차이를 인정한다.

그렇게 쉽게 얘기하지 말라니까.

쓰레기통에 버려진 도시락이 떠올랐다. 밥상 위로 엄마의 등이 어렸다.

사람은 서로를 이해하지 못한다.

누군가, 아니라고 말해 줘.

"가오루코, 너 정말 착하다."

아키오가 손가락으로 눈물을 닦고는, 녹차 팩을 내밀었다. 나는 녹차를 쭉 들이켰다. 거의 남아 있지 않아서 푸시식 하는 공기 소리가 났다.

"언젠가는 우리 부모님도 알게 될 거라고 생각했어. 그러기 전에 교복 자율화 운동을 하고 싶었는데. 한발 늦었지."

아키오는 오른쪽 볼을 잡고는 힘껏 잡아당겼다.

"하지 마, 볼, 찢어질라."

나는 쿨한 척 말했다. 동요하지 않는 척이라도 하지 않고는 아키오를 똑바로 볼 수가 없었다.

정말 피부를 뜯어내려는 것처럼 보였다. 아키오의 하얀 볼이 벌겋게 물들어 간다.

"아침에 일어나면 남학생복을 입고 조금 일찍 집에서 나와. 그리고 공원 화장실에 가서 세일러복으로 갈아입지. 옷을 갈아입을 때는 일단 남자 화장실을 사용해. 사람이 없는 틈을 타서 드나들고. 남자 화장실에서 여학생이 나오면 좀 그렇잖아."

나는 아무 말도 하지 않았다. 아키오의 자조적인 발언에 어떤 방식으로든 동조할 수 없었다. 아키오도 그런 나의 태도를 눈치챘는지, 약간 긴장했다.

"벗은 교복은 근처에 있는 사물함에 넣어. 집에서 너무 일찍 나와도 의심을 살 테니까, 시간을 아슬아슬하게 맞추기도 하고, 사물함을 경유해서 학교에 가기 좋은 공원을 조사하기도 하고. 사람이 얼마나 오가는지도 관찰하고. 준비하는 거 재미있었어."

"계획적이었네."

"아주 오래전부터 생각한 거야."

"사물함을 매일 사용하려면 용돈 바닥나겠다."

겨우 그런 걸 걱정하냐는 식으로 아키오가 웃었다.

"그러려고 세뱃돈 안 쓰고 아껴 두었어."

눈썹이 팔자(八)로 처진다. 자조인 척하지만, 자랑스럽게 처지는 눈썹. 돈을 가장 의미 있는 일에 사용하고 있다는 자신감이 엿보였다.

나는 책을 살 때면 좀 머뭇거렸다. 좋아하는 것을 사는데, 마음껏 즐길 수 없었다. 엄마에게 혼나기 때문에.

하고 싶은 것을 하기 위해 당당하게 돈을 사용하는 아키오, 멋지네.

"학교에서 온 전화, 드디어 왔구나 싶더라. 오히려, 지금까지 잘 참아 준 거지. 부모님이 모를 리 없다고 생각했겠지만."

세일러복의 허리 부분과 깃이 세로로 찢겨 포렴 같다. 가위로 자른 것이리라. 아키오는 손가락으로 머리칼을 빗듯 그 부분을 죽죽 쓸어내렸다.

"아빠가, 아무 말 않고 잘랐어. 옛날에, 칼로 목을 내려치던 시대의 사형집행인, 그런 얼굴이었는지도 모르지. 담담하고, 무표정하고."

다다미 위에 가슴이 평평한 여자가 드러누워 있다. 하반신이 절단되어 어딘가에 버려진 것처럼 보였다.

"너무하네."

나는 세일러복을 쳐다보는 것밖에 할 수 없다.

"그런데, 나."

아키오가 집게손가락으로 옷깃을 긁작거린다.

“좀 다른 것 같다는 느낌이 들었어.”

“다르다고?”

“응. 이렇게 옷을 찢기고 나니까, 그 ‘다르다’는 느낌이 확실해졌어.”

“뭐가 다르다는 건데?”

“내가 학급 회의 시간에 커밍아웃 했을 때의 느낌과 내 말이 어긋나는 것 같았어. 그게 목구멍에 걸린 생선 뼈처럼 마냥 껄끄럽기만 했는데, 이유를 겨우 알았어. 나 그때, 몸은 남자지만 마음은 여자라고 했잖아. 아까도 여자가 되고 싶은 게 아니다, 이미 그렇다고 했고.”

볼 위에 어린 속눈썹의 그림자가 불안하게 흔들렸다. 아키오는 한참이나 말이 없었다. 단어 하나하나를 찾아 모으고 있는 것이다.

“내 마음은 여자라고 생각했어. 그 고백을 할 때까지는.”

세일러복 옷자락을 잡았다가, 놓는다.

"첫사랑의 대상도 남자였고. 남학생용 탈의실과 화장실이 너무너무 불쾌했어. 체육 시간에 하는 유도는 지옥 같았고. 수영도 마찬가지."

아키오는 혀를 내밀고 토하는 흉내를 냈다.

"건강검진 하는 날은, 학교에 가는 게 얼마나 우울했는지 몰라. 남녀로 나뉘어 움직일 때, 언제나 나 혼자 남겨지는 기분이었어. 남자 몸이라는 우리에 갇힌 것처럼. 교복도 그래. 학교에서는 '어느 쪽'이 아니면 존재할 수 없잖아."

아키오는 주형을 뜨듯 세일러복을 쓰다듬고 있다.

"빨간 가방을 들고 다니고 싶었어. 레이스 달린 양말도 신고 싶었고. 머리는 길러서 리본으로 묶고 싶었고. 인형 놀이도 하고 싶었어. 화장도 궁금했고. 원피스도 입고 싶고. 그래, 나는 분명히 여자들이 하는 걸 좋아했어. 그런데 그게 정말, '마음이 여자'라는 증거가 될 수 있을까."

이해가 된다.

아빠와 엄마가 그리는 꿈의 '여자아이'와 나의 현실

적인 모습은 다르다. 그런데도 나는 여자다. 하늘거리는 치마보다 책을 좋아하지만, 나는 여자다.

"중학교에 들어와서는 15센티미터나 키가 컸어. 목소리는 낮아지고, 어깨는 단단해졌지. 거울을 볼 때마다 초조했어. 사타구니에는 없어야 할 것이 덜렁거리는데, 가슴에는 있어야 할 것이 없고. 하루빨리 주위에 말해야 하는데. 안 그러면 나는 남자라고 결정되고 말 텐데."

아키오는 언어에 해당하는 장소를 툭툭 건드렸다. 새삼스레 자기 몸의 구조에 놀라는 것처럼.

"커밍아웃 하는 거, 정말 겁나게 무서웠어."

말과 표정이 전혀 맞지 않는다. 햇볕이 잘 드는 곳에서 눈을 가늘게 뜨고 있는 것처럼 웃는 얼굴이다.

"모두 앞에서 '여자'라고 단언한 후로, 얼마나 불안했는지 몰라. 당당할 수가 없었어. 말을 여자처럼 해봐도 이상한 느낌밖에 들지 않았고. 여자의 모습이나 예쁜 것을 좋아하고, 머리를 기르고 싶어 하는 것이 여자의 증거라고 여겼는데, 그걸 여자의 조건이라고 여기는 순간 '계속해서 그렇게 생각해야 한다'고 나 자신에게 명령하는 나를 깨달았어. 그전에는 '좋아한다'고만 생각했는데."

아키오는 손바닥을 세일러복에 대었다. 심장박동을 확인하는 몸짓 같았다.

"내 마음이 정말, 여자일까. 나는 정말, 남자가 아닌 걸까. 참 신기하지. 세일러복을 입고 여자로 살아가려고 했더니, 그 순간 남자인 내가 나 자신 속에서 선명하게 떠올랐어. 그 남자란 게 뭔데? 그렇게 묻지는 마."

아키오는 한쪽 눈썹을 치켜올렸다. 나는 찡그린 표정으로 답한다.

"남자 모습일 때는, 나는 틀림없는 여자라고 생각했어. 세일러복을 입어야 하는 인간이라고. 그러나 결국, 어느 쪽을 입어도 위화감은 사라지지 않을 거야. 하지만."

하지만, 하지만, 하지만…….

아키오는 노래하듯 말했다.

"어느 쪽이든 쟁취해야 한다는 기분이 들었어. 나는

남학생복을 입을 권리도 있고, 세일러복을 입을 권리도 있다고 말이야. 그러나 양쪽은."

내가 뭐라 말하려고 하자, 아키오는 '알아' 하고 눈으로 말했다.

"그게 성의 한 형태라는 거 알아. 수업에서도 다뤘고. 다만."

우드득, 집이 울렸다. 증조할아버지가 듣고 있는 것이리라.

"이상할 거 없어."

우드득.

"아빠가 교복을 가위로 잘랐을 때, 나, 어느 면에서는 안도했어."

아키오는 눈물을 뚝뚝 흘렸다.

"너무 슬펐는데, 안도했다고."

머리를 깎여도, 반 아이들 사이에서 고립되어도, 울지 않았는데.

"나는 남자도 여자도 될 수 없어."

그 말에 나는 절망했다. 긍정도 부정도 할 수 없는

말이었다. 위기를 느꼈다.

"이 세상에는 여자와 남자밖에 없다고!"

4월의 어느 날, 체육 선생님이 하는 말을 아키오도 들었다.

"여자가 되면 안심할 수 있겠다고 생각했어."

에엥, 어린아이 같은 울음소리다. 지금까지 쌓였던 것이 끝없이 넘쳐흐른다. 나는 숄더백에서 손수건을 꺼내 건넸다. 아키오는 손수건을 꼭 쥐고 고통스럽게 숨을 쉬었다. 코피가 나오지 않을까 싶을 정도로, 격하게 숨을 쉬었다.

등을 쓰다듬고 꼭 안아 줄까, 하고도 생각했지만 건드리면 안 될 것 같았다. 이 처절한 눈물의 시간은 오직 그만의 것이다. 방해해서는 안 된다.

나는 이 으스스한 집 안에 아키오를 혼자 내버려 두지 않는 것으로 충분히 내 역할을 하고 있다고 생각했다.

부엌에 가서 식기장에서 찻잔을 꺼내 꼼꼼하게 씻었다. 물을 받는다. 네리마의 물은 맛이 없지만, 여기

물은 맛있다. 먼 거리가 아닌데, 세계가 전혀 다르다.

찻잔을 상에 내려놓고, 무릎을 껴안았다. 아키오가 울음을 그칠 때까지, 그 떨리는 등을 바라보았다.

*

너무 울어서, 아키오의 눈두덩이 내 눈두덩만큼이나 퉁퉁 붓고 말았다. 그는 (나는 '그'라는 인칭대명사를 남자라는 의미가 아니라, 내가 아닌 존재를 가리키는 넓은 의미로 사용한다) 머리를 흔들거리면서 물을 마셨다. 한 모금 마시고 코를 훌쩍이고, 일그러진 얼굴로 울면서 또 한 모금 마셨다.

"미안해."

고개 숙인 채 머리를 위아래로 끄덕인다.

아키오가 우는 동안, 나는 "나는 남자도 여자도 될 수 없어"라는 말과 격투를 벌였다. 절망으로 끝낼 수는 없었기 때문이다.

남자가 뭐야, 여자는 뭐고. 당연하게 사용하는 말인데, 분해해서 찾으려 하면 알 수 없어진다. 플라네타륨에 갔을 때가 떠올랐다. 담당 직원이, 은하수의 직경은 10만 광년이고, 거기에 비하면 지구의 크기는 모래 알갱이에 불과하다고 가르쳐 주었다. 그런 은하가 우주에는 아주 많다고.

내 방도 그런대로 넓다고 여겼던 나는 '넓다'는 의미의 틀을 몇 번이나 깨뜨리지 않고는 우주를 상상할 수 없었다.

지금도 그런 느낌이다. 생각하면 생각할수록 공간은 넓어지고, 나는 모래 알갱이가 되어 간다.

나는 아키오에게 '여자의 조건'을 제시할 수 없다.

가슴이 봉긋 솟고, 허리가 쏙 들어가고, 한 달에 한 번 피를 흘리는 생리 현상조차 어디까지나 '특징'이지 '절대적인 조건'은 아니지 않은가.

나는 여자이면서 왜 내가 여자로 사는지 모른다. 내 안에 있는 것은 '갖고 태어난 확신'이랄 수 있는 것뿐이다.

그런 조건은, 입이 열 개가 있어도 말할 수 없다.

하물며 '남자의 조건'은 알 리가 없다.

우리는 이렇게 정체 모를 것을 몸 안에 눌러 담고 있다.

'남자'나 '여자'라는 말은 망원경 같은 것이다. 그 렌즈에 눈을 갖다 대서 우주가 보인다면, 고성능 렌즈도 가지고 싶어질 것이다. 까딱 잘못해서 떨려 나지 않도록 울타리도 필요해진다.

나는 아키오를 우주로 떨쳐 낼 수는 없었다.

아니, 그런 게 아니다. 울타리를 넘어 버려도 상관없다. 우주로 뛰쳐나가도 괜찮다.

다만 아키오를 우주에 홀로 남겨 두고 싶지 않았다. 한없이 넓은 공간을 마음껏 헤엄칠 수 있는 생명 줄을 찾고 싶었다.

생각하고서야, 깨달았다.

나는 이미 그 말을 알고 있었다.

"천사는 양성구유라잖아."

아키오가 고개를 들었다. 내가 무슨 말을 했는지 모르는 것이리라.

"나, 아키오는 천사라고 생각해."

아키오 얼굴이 일그러졌다. 웃은 것 같다. 내가 서툰 위로의 말을 했다고 생각한 듯하다. 뭐, 어쩔 수 없지. 내가 한 '천사'라는 말은 '외국인'이라는 말만큼 익숙한데도, 입 밖으로 나오면 다양한 의미가 첨가되니까.

마치 '언어'가 자석이고, '의미'는 쇳가루 같다. 내 안에 있는 동안은 나만의 것인데, 입에서 나오는 순간 쇳가루가 와르르 들러붙어 검은 해초처럼 만들어 버린다. 증조할아버지의 독한 담배도 '의미'를 봉하고 있지 않았을까 싶을 정도. 나는 증조할아버지 앞에서는 무슨 말이든 자유롭게 할 수 있었으니까.

천사가 우리와 섞여 평범하게 살고 있다고 해서 이상할 건 없다. 나는 깊은 바다도 우주도 모른다. 알아가면 알아 갈수록, 모르는 것이 더 많아진다. 세계가 모를 것투성이니까, 겉모습은 인간과 비슷한데 몸속에는 다른 사람이 있어도 이상하지 않다.

억지로 인간의 규격에 맞추려는 존재가 있다면.

《그리스신화》에서 읽은 프로쿠르스테스 얘기가 떠올랐다.

프로쿠르스테스는 나그네를 잡아들여 침대에 묶었다. 침대 밖으로 다리가 튀어나오면 다리를 자르고, 침대보다 몸길이가 모자라면 맞을 때까지 잡아당겨 늘렸다. 형태가 각기 다른 사람들을 침대 길이로 통일한다. 고문이다.

아키오도 지금, 프로쿠르스테스의 침대에 누워 있다.

"아키오는 천사니까, 남자와 여자 양쪽을 다 갖고 있는 게 당연한 거야. 남자이면서 여자인 거라고."

"고마워."

그는 또 울었다. 웃으면서 울었다. 나를 위해 웃으려고 했다. 그게 이렇게 슬픈 일이었나.

"가오루코. 이력서 본 적 있어?"

아키오가 무릎을 펴고, 손톱 끝을 쳐다보았다. 엄지손가락으로 집게손가락을 꾹 누른다.

"이력서? 취업할 때 쓰는 그거? 실물은 본 적이 없는데."

만화나 영화, 소설을 통해서만 알고 있다.

"나, 얼마 전에 서점에 있는 문구 매장에서, 이력서

용지를 봤어. 이름 옆에 성별을 쓰는 란이 있더라. 남자와 여자, 어느 한쪽에 표시를 해야 해. 천사라는 란은, 없어."

나는 어째 자신을 똑똑하다고 착각하는 경향이 있다. 똑똑한 가오루코는 비장의 무기를 가슴에 품은 채 시험해 볼 기회를 엿보고 있다.

"나 언젠가는, 그 어느 쪽에다 표시를 해야 해."

남보다 독서량이 많을 수도 있지만, 그뿐이다. 책에서 많은 것을 얻을 수 있지만, 그래서 모든 걸 다 알고 있다고 생각하면 이렇게 된다.

"어느 한쪽으로 정할 필요 없잖아. 날마다 바꿔도 되고. 남학생복과 세일러복을 다 입으면 되잖아!"

너무 부끄러워서, 목소리가 커지고 말았다.

증조할아버지와 오셀로게임을 하는데 계속 지니까 약이 올라서 판을 뒤죽박죽으로 만들었을 때 같은 기분이었다. 볼품없다.

"세일러복은, 이제 못 입어."

아키오는 상큼한 미소를 띠고 몸을 약간 앞으로 숙

이고 손톱 끝을 잡았다. 부러뜨릴 것 같아서, 나는 그 손을 잡고 손바닥을 다다미에 짓눌렀다.

왠지 답답했다. 아, 답답해!

증조할아버지 말대로, 이 몸 따위는 없으면 얼마나 자유로울까.

"내가 1학년 때 입던 거 있어. 살이 쪄서 이제 못 입는데, 하복이지만 이 계절에는 괜찮을 거야."

"내가 입으면 깡똥할걸."

"없는 것보다는 낫지."

"네 교복까지."

"또 찢어 버리면, 다른 아이에게도 알아볼게."

아키오가 고개를 가로저었다. 그는 지금, 스스로 가능성을 지웠다. 두 번 다시 세일러복을 입을 수 없다고. 그렇게 마음을 다지고 있다.

애써 삼킨 눈물이, 또 뚝뚝 다다미 위로 떨어졌다.

내가 한 말에 스스로 상처 입는 건, 정말 싫다. 아빠도, 엄마도, 아키오도 똑같은 표정을 짓는다. 음식을 버리던 때의 아빠. 내게 빈정거리던 때의 엄마.

"그럼 안 돼. 침대에 맞춰 잘리고 늘려지다 보면, 자기 키를 모르게 된다고."

"침대?"

아키오는 화장지를 둘둘 말아 코에 대었다. 내가 얘기의 흐름에서 벗어난 말을 해서, 울다가 감정이 옆으로 샌 모양이다.

흥분한 탓에 내 생각과 내가 하는 말의 구별이 없어지고 말았다.

안 되지, 안 되지. 자세를 고쳐 앉고, 심호흡을 했다.

나는 뭐에 짜증이 난 것일까.

자신의 슬픔에 잠기려는 아키오일까.

참치 해체법을 가르쳐 주지 않는 학교 선생님일까.

현역 중학교 2학년보다 한층 중 2 같은 부모님일까.

폭력 외에는 방법을 모르는 아키오의 아버지일까.

그 사람에게 화를 내본들, 뭐가 달라질까.

눈물로 호소한들, 조금도 전달되지 않을 것이다.

이해할 수 없는 사람끼리는 어차피 이해할 수 없는 거니까.

수박과 니코틴의 전쟁으로, 나는 이미 이런 결론을 도출했다. 성급하다는 건 안다. 누군가 그렇지 않다고 말해 줬으면 좋겠다.

나의 분노는 포기에서 오는 건지도 모른다.

내가 아무리 깊이 생각해도, 누구도 반응을 보이지 않는다. 내가 뭘 하든, 아무것도 달라지지 않는다.

우드득.

집이 울렸다.

답답함이 조금 흐트러졌다. 모래성을 긁은 것처럼, 끄트머리가 부슬부슬 무너졌다.

증조할아버지가 '다시 한 번'이라고 말하고 있다.

그러고 보니, 이것도 좀 이상한 일이네. 나는 증조할아버지가 옆에 있다는 걸 의심하지 않는다. 지금 '동거인 X'가 등장해도 놀라지 않는다.

다시 한 번, 생각한다. 내가 뭐에 분노하고 있는지.

아, 이게 아니다. 의문이 다르다.

나는 왜, 아키오가 슬퍼하는 게 이리도 마음 아픈 것인가?

대답이 바로 나왔다.

아키오가 웃었으면 하니까.

"응?"

네가 웃었으면 좋겠어.

흔히 듣는 대사. 사랑 노래 같은 데에서.

그럼, 나의 이 기분은, 사랑인가?

우드득.

그만, 웃고 말았다. 아키오가 이상하다는 표정을 짓는다.

이게 사랑이라면, 나는 모두를 사랑하고 있는 셈이다. 엄마도 아빠도, 웃었으면 좋겠다. 다른 친구들도 웃었으면 좋겠다. 그렇지 않으면 내가 괴롭다.

내 안은 그렇게 생긴 듯하다. 주위의 괴로움과 슬픔이 그대로 내 아픔이 된다. 정말 아프다. 육체의 아픔으로 느낀다.

탯줄, 때문인가?

나는 여러 사람과 탯줄이 이어진 모양이다. 친절함과는 다르다. 정의감도 아니다. 나와 타인의 구별이 되지 않을 뿐. 이건, 내가 미숙하다는 증거다.

있잖아, 할아버지.

모든 걸 내 아픔으로 느끼면 몸이 남아나지 않을 거야, 그렇지. 그 사람의 아픔은 그 사람 거니까, 멋대로 건드리면 안 되겠지. 하루빨리 탯줄을 잘라 내야 하는데.

탯줄을 잘라 내도, 내가 하는 일은 달라지지 않을 것 같지만. 아빠와 엄마 기분이 좋아지지 않고는 집이 편안해지지 않고, 아키오가 싱글싱글 웃지 않고는 나도 불안할 뿐이다. 내가 사는 곳과 있는 곳에는 나 혼자의 노력으로는 도저히 어떻게 할 수 없는 일들이 있다. 나, 나를 위해, 모두의 협력이 필요하다. 웃어 주어야 한다.

끼익, 끼익, 천장이 울렸다.

증조할아버지와 얘기하는 동안에, 분노는 사라졌다. 아키오가 침대 위에서 분부를 기다리고 있는 것도, 어쩔 수 없게 생각되었다.

아키오에게만 힘내라고 하는 것은 야비한 일이다.

"좋아."

결정한 순간, 배가 싸늘해졌다.

"아키오."

언젠가는 해야 하는 일이다.

"내 눈썹, 정리해 줘."

아키오는 퉁퉁 부은 눈을 번쩍 떴다.

"미인 눈썹으로 해 줄 거지?"

"왜?"

불쾌해하는 것처럼 보인 것은, 내가 동정심에 한 말이라고 생각했기 때문일까. 몇 번이나 싫다고 했으면서 갑자기 마음이 변했으니, 그렇게 여겨도 어쩔 수가 없다.

"말만 하는 건 비겁하잖아."

나는 무릎을 꿇고 앉아, 다다미 위에 놓인 세일러복을 보았다.

"아키오에게 힘내라고 할 거면 나도 뭔가는 해야지."

"그래서 눈썹을 예쁘게 하겠다는 거야?"

이번에는 노골적으로 혐오감을 드러낸다.

"그런 건, 동반 자살이나 마찬가지잖아."

"동반 자살?"

"내가 성별을 버릴 거면 너는 눈썹을 버리겠다고? 그러면 뭐가 좋은데. 나를 위해서 자기를 바꾸려는 거면, 그만둬."

아빠가 금연의 이유로 나를 들먹였을 때, 나도 똑같은 생각을 했다.

내가 그러라고 부탁했나, 뭐.

나는 자신의 결단을 위해 아키오 사정을 활용하려 했다. 그의 고통을 이용하려 했다.

조금 전에는 그의 눈물을 존중하려고 했는데, 자신의 두려움과 마주하려 한 순간, 상대를 잊고 말았다.

"난, 너를 예쁘게 하려는 생각은 조금도 없어. 원래부터 예쁘니까."

"예쁘다고?"

"따지고 들 일 아니야. 난 그 눈썹에 의욕이 타올랐

을 뿐이라고. 말라 떨어지겠다 싶은 딱지를 보면 떼고 싶잖아. 그런 거랑 비슷해."

"딱지……."

"연필은 필통 안에 길이순으로 조르륵 정리하고 싶고. 프린트는 모서리를 딱 맞추는 걸 좋아하고. 학급문고는 작가 이름 순서대로 꽂고 싶고. 뭐랄까, 혼란스러운 상태를 반듯하게 하는 쾌감이라고 할까."

"혼란……."

나는 내 눈썹에 손을 올려놓았다. 손바닥에 부숭부숭한 털이 느껴졌다. 혼란.

"눈앞에 멋대로 자란 눈썹이 어른거리면 당연히 정리하고 싶잖아. 깨끗하게 정리하면 시원할 거야. 그뿐이야. 딱히 너를 바꾸고 싶은 게 아니라고. 나를 위해 바꾸겠다는 생각은 안 해도 돼. 싫으면 지금까지 그랬던 것처럼 싫다고 해도 된다고. 나, 그런 대화, 사실 꽤 좋아하기도 하고."

"미안해."

"왜 사과하는데?"

"…… 미안해."

솔직하게 얘기할 수밖에 없으리라.

나도 정확하게 잘 모르는 내 기분. 모르는 채로 얘기하는 게 제일 싫다. 제대로 전달되지 않으면……. 그런 생각만 해도 몸이 움츠러든다.

"나, 여자아이답게 하는 게, 무서워."

아키오의 시선을 견딜 수 없어 고개를 숙였다. 조금 전과 입장이 역전되었다.

"그렇게 하면, 나는 여자아이라고 결정되어 버리잖아. 아니지, '여자아이'에 참가를 표명하는 게."

나는 여자라는, '갖고 태어난 확신'은 있다.

주위에서 '여자아이'로 인정하지 않는다는 것도 안다. 나는 여자지만 '여자아이'인지 아닌지는 별개의 얘기이기 때문이다. 엄마처럼 여자로서의 체제를 갖추지 않으면, 내 피부 바깥과 나의 성별을 연결할 수 없다.

'여자아이'에 참가를 표명한다는 것은, 나를 인정하지 않는 사람들이 존재한다는 걸 인식한다는 뜻이기도 하다.

나는 누군가의 마음에 들 수 있는 인간일까.

'여자아이'에 참가하면, 지금까지 점수가 매겨질 일이 없었던 것들도 내 두 눈으로 똑똑히 봐야 한다.

"흐음."

아키오가 고개를 약간 갸웃했다. 조금 여유가 돌아온 것 같다.

"멋 부리는 거, 재미없어?"

"모르겠어. 무서운 게 먼저야."

"해 본 적이 없어서가 아니고?"

"그럴지도 모르지."

"멋을 부리는 건, 자기에게 값을 매기는 것과는 다르잖아."

나는 움찔 놀라서 얼굴을 들었다.

"알아."

아키오는 입가를 한쪽만 삐죽 올리고 목덜미를 긁었다. 빈정거리는 투인데도 멋졌다. 니힐리즘이라는 거, 이런 느낌일까.

"나는 차라리 값을 붙여서 출하해 줬으면 좋겠는데.

나 혼자서는 자신감을 갖기 어려우니까. 커밍아웃 한 후에, 내가 여자 말투로 얘기한 것도 잘하면 멸종위기종급 프리미엄이 붙지 않을까 하는 기대감이 있어서였어. 보기 좋게 실패했지만. 별난 캐릭터라도 좋으니까 반에 복귀하고 싶어서 말이야. 가오루코 너는 싫어한다는 거 알았지만."

속으로 움찔했다. 내가 열광 시대의 아키오를 냉담한 시선으로 보고 있었다는 걸, 역시 눈치채고 있었다.

"이런 건 주객이 전도된 거고, 진짜 저질이라는 것도 잘 알지만."

아키오가 천천히 눈을 깜박거렸다.

"비싼 값이 붙으면 더없이 좋지만."

눈은 퉁퉁 부어서, 대체 무슨 소리야. 그 입을 다물게 하고 싶었다. 그렇다면 과연 어떤 입이 말하면 좋을까.

"서커스단에 천사가 있으면, 그야말로 인기 짱일 텐데."

아키오는 자기가 한 말에 스스로 상처를 받았다.

"그래도, 너랑은 심각한 얘기 안 해도 되잖아."

그러고는 스스로 힘을 북돋듯이 애써 웃어 보인다.

"눈썹 깔끔하게 정리하고, 화장도 하고, 귀여운 옷까지 입은 아이 보는 거, 나도 좋아해. 즐겁잖아. 생각만 해도 설레고. 의무감으로 하는 건, 생각해 볼 일이지만. 만약 네가 재미있겠다는 생각에서 하겠다면, 어렵게 따지지 말고 그냥 하면 되는 거고."

또 겁이 났다. 나는 나의 진짜 기분에만 의지해서 결정해야 한다.

고작 눈썹인데?

멋을 부린다는 거, 거기까지 생각해야 하는 거야?

그런 게 아니다. 내가 '걷기 시작할 것인가, 말 것인가' 하는 얘기다.

앞으로 죽 계속될, 여자라는 이름의 길.

내 안에 있는 한 백자 그릇일 수 있는 것을 밖으로 꺼낸다는 것. 꺼내는 순간, 여자로서의 '의미'라는 쇳가루가 우르르 달라붙는다. 그때 나는 쇳가루를 털어내고 나의 그릇을 지킬 수 있을까?

"한번 해 보면 되잖아."

아키오가 몸을 쭉 폈다가 무릎을 꿇고 앉았다. 나를 격려하듯.

"그런 게 아니야."

나는 고개를 젓는다.

"한 번 손대면, 다시는 제자리로 돌아갈 수 없잖아. 사실은 없어지지 않는다고. 나중에 다시 부숭부숭한 눈썹으로 돌아간다 해도, 내가 '시작했다'는 사실은 취소할 수 없다고."

"시작했다?"

"응. 뭐라 말하면 좋을지 모르겠지만. 여자답게 …… 하는 걸."

내가 '나는 여자입니다' 하고 주위에 선언하는 것을.

중학교 1학년 여름방학이 끝났을 때, 겉모습이 싹 바뀌어 온 여자아이가 있었다. 안경을 끼고 있었는데 콘택트렌즈로 바꾸고, 길고 텁수룩하던 머리를 상큼한 보브 스타일로 자르고.

그녀는 가는 곳곳마다 "데뷔했네" 하고 비웃음을 샀

다. 조소에는 '적응'으로 무뎌질 수 있다. 과도기가 사흘일지 석 달일지는 부딪쳐 보지 않고는 알 수 없다. 그 아이는 날씬하고 귀여워서 험담도 이내 잦아들었다. 어깨도 떡 벌어진 내가 그러면, 과연 어떻게 될까. '여자아이' 입문 심사는 가혹하다.

아키오 앞에서 이런 말을 하는 건 실례일지도 모른다. 그는 여학생 모습으로 교문을 들어서는 것조차 허락되지 않는데, 나는 '갖고 태어난 확신'을 두려워하고 있다. '불공평하다!'는 말을 들어도 어쩔 수 없다.

"흐음."

아키오는 바람에 흔들리는 민들레처럼 고개만 끄덕였다.

"우리가 알몸으로 살 수 있다면, 이런 생각은 안 해도 되는데."

빳빳하게 풀 먹인 시트를 펼칠 때 같은 목소리였다.

"가오루코 너는, 앞으로도 옷을 입고 살아갈 생각이니?"

아키오의 눈빛은 아궁이에 뭉근하게 남은 불씨처럼

부드러웠다.

그때 나는, 기분이 바뀐 것을 불현듯 느꼈다. 아키오 말이, 폭력의 정반대 방향에 있다는 걸 알았기 때문이다.

"소크라테스가, 악법도 법이라고 했어."

그는 멋질 만큼 얄밉게 입가를 끌어 올리며 미소 지었다.

그 얼굴은 내게서 도망칠 곳을 살며시 빼앗고, 등을 따스하게 떠민다. 마치 달걀 껍데기처럼, 나를 감싼다. 어렸을 때, 소파와 벽 사이에 들어가는 걸 좋아했던 기억이 떠올랐다.

그는, 나를 소중히 여기고 있다.

"아키오."

소중히 여기고 있다.

"눈썹 정리하는 도구, 지금 있어?"

"아니."

당연하다. 지금 아키오가 갖고 있는 것은 찢겨 나간 세일러복뿐이니까.

나는 당장 눈썹을 정리하고 싶었다. 텔레비전이 놓인 거실장 서랍을 열어 보니 귀이개와 털 뽑개가 들어 있었다. 작은 가위도 있었다.

"이거로 할 수 있을까?"

"할 수 없는 건 아니지만, 그건 코털 자르는 가위야."

"잘 씻으면 괜찮을 거야."

"너도 참."

"뭐?"

"아무것도 아니야."

"약상자에 소독약이 있을지도 몰라. 할까?"

"네가 신경 안 쓴다면 괜찮고……."

부엌에서 가위를 깨끗하게 씻고 화장지로 닦았다. 그동안 아키오는 밥상을 거실 구석으로 밀어 놓았다.

"여기 누워."

아키오가 양반다리를 하고 앉아, 자기 무릎을 가리켰다.

"다리, 저리지 않겠니?"

"저리면 말할게."

나는 천장을 보고 누워, 아키오의 무릎에 머리를 맡겼다. 아키오가 내 앞머리를 끌어 올렸다. 이마가 시원해졌다. 머리가 환기된 것처럼.

"나도 이마가 튀어나왔는데, 너도 이마가 멋지다."

"아니야. 너무 튀어나왔어."

뒷머리와 정수리가 따뜻하다. 누가 이렇게 만지는 건, 정말 오랜만이다. 어렸을 때는 당연히 엄마와 아빠 품에 안겼겠지만, 언제가 마지막이었는지 기억조차 없다. 증조할아버지 무릎에 앉았던 것도 아주 오래전 일이다.

"대충 자른 후에, 털 뽑개를 쓸게."

"응."

"이제 자른다. 눈 감아."

아이브로펜슬도 없어서 연필을 사용했다. 아키오는 내 눈썹의 산과 머리와 꼬리에 표시를 했다.

"우아, 바라고 바라던."

"자르기가 쉽지 않지만, 자를 수 없는 건 아니네."

사락. 사락. 아키오는 조심스럽게 손을 움직이고 있

다. 이마의 오른쪽 절반이 가벼워진다. 눈썹에도 무게가 있었구나. 털이 아주 조금 없어졌을 뿐인데, 이렇게 다르다니.

콧등이 시큰해졌다. 감은 눈두덩 속에서 눈물이 넘쳐흘렀다.

아키오가 움직임을 멈추고 내 얼굴에서 손을 떼었다. 나는 두 손으로 얼굴을 가렸다.

이번에는 내가 에엥, 하고 울었다.

나는 왜 이런 곳에서 눈썹을 다듬고 있을까.

찡그린 얼굴로 거울을 들여다보는 엄마를 떠올린다. 화장하는 엄마는 조금도 즐거워 보이지 않았다.

지금 엄마는 뭘 하고 있을까. 혼자서 녹차에 밥을 말아 먹고 있을까. 아빠는 친가에서 여전히 게임을 하고 있을까.

우리 집안은 왜 이렇게 슬플까. 다시는 돌아갈 수 없는 것일까. 오른쪽 눈썹이 가벼워진 것처럼, 한 번 잘려 나가고 나면 회복될 수 없는 것일까.

아키오가 화장지를 볼에 대어 주었다. 내가 울음을

그칠 때까지 기다려 주어 고마웠다. 조금 전, 아키오가 울 때 내가 취했던 태도도 옳았다.

그렇게 생각하자 기분이 좀 진정되었다. 역시 나, 기력을 유지하기 위해서는 자신감을 가질 필요가 있을 듯하다.

눈물이 잦아들어, 얼굴에서 손을 떼었다. 천장의 형광등 빛이 눈부셨다. 아키오가 내 얼굴을 약간 들어 올리고 무릎을 폈다. 저린 모양이다. 그리고 방석을 접어 내 머리 밑에 밀어 넣었다.

"이러니까 좀 먼데."

아키오는 무릎을 편 채 엉덩이를 움직여 허벅지 사이에 내 머리를 끼는 자세를 취했다. 화장지를 몇 장 꺼내 건네준다.

"고마워."

"우리 비긴 거네."

"비겼다고?"

머리 뒤에 형광등이 있어서 마치 후광이 비치는 것처럼 보였다.

"이렇게 빨리 갚을 기회가 생겨서 기쁘다. 울어 줘서 고마워."

"치."

아키오가 어깨를 들먹거리며 후훗 웃었다. 내 머리 밑에서 방석을 꺼낸 다음 다시 양반다리를 하고 앉아 왼쪽 무릎에 내 머리를 올려놓았다.

"이제 이쪽 해도 되겠니?"

"응."

아키오가 내 왼쪽 눈썹을 잠시 어루만졌다. 기분이 좋아져 눈을 감았다. 털을 쓰다듬어 줄 때 강아지 기분이 이럴까.

"시작한다."

"응."

사락. 왼쪽 눈 위에서 소리가 난다. 또 슬퍼졌지만, 눈물이 눈두덩 속에서 멈춰 주었다.

길이를 고른 다음, 털 뽑개로 눈썹을 뽑았다. 또 눈물이 흘러나왔다. 슬퍼서가 아니라, 아파서 제멋대로 콧구멍이 벌렁거린다. 아키오 위치에서는 코털이 고스란히 보이리라.

“면도날이 있으면 좋을 텐데.”

아키오가 내 피부를 살짝 잡아당긴다.

한 오라기가 뽑힐 때마다 등에 전류가 흘렀다. 마지막에는 사타구니가 움찔움찔했다. 나는 발을 바동거리고, 다다미를 손톱으로 긁는 등 수선을 떨었다.

“이 정도면 되었으려나.”

일어나라고 해서, 아키오와 마주 앉았다. 내가 어떤 모습일지 알 수 없어서, 조금 부끄러웠다.

“아주 멋진데.”

만족스러운 듯, 아키오의 가슴이 오르내렸다.

“욕실에 가서 보고 와.”

일어나 욕실에 가서 불을 켰다. 거울 속에 내 모습이 나타났다. 눈 위에 예쁜 아치가 생겼다. 조금 굵으면서 둥그런 산 모양이었다.

내 얼굴이 이렇게 생겼었나.

그깟 눈썹 정리한다고 뭐가 어떻게 변하랴 했는데, 지금까지 본 적 없는 얼굴이다. 두툼하다 여겼던 눈두덩까지 달라 보인다. 혹시 내 눈이 옆으로 살짝 째진 눈이었나.

화끈거리는 볼을 꾹 눌렀다. 아키오 앞에 다시 서기가 민망했지만, 최대한 아무렇지 않은 척하면서 거실로 돌아왔다.

"어때? 괜찮지? 좀 더 빨리했으면 좋았잖아."

약이 올라서 고개를 끄덕이지 않았다.

"지금 몇 시지? 텔레비전 켜 보자."

"말 돌리기야?"

"시끄러워."

화면 속에서 아나운서가 23시 뉴스를 보도하고 있었다.

"23시?"

아키오가 '또 농담을' 하는 식으로 텔레비전에 얼굴을 들이댔다.

"이십……."

우리는 서로를 마주 본다. 어느 쪽이, 착각을 지적해 주기를 기다렸다.

아키오가 먼저 포기했다.

"11시네. 밤."

너무도 심플한 선언에, 우리는 웃고 말았다.

5

뛰어가면 마지막 전철을 탈 수 있었다.

'그만 돌아가자'는 말을 어느 쪽도 하지 않았다.

갈가리 찢긴 교복을 어떻게 할지 얘기하다가, 밤중이 되고 말았다. 교복만 남기고 가자니 고통스럽고, 쓰레기통에 버리는 건 더 견딜 수 없어서 태우기로 했다. 욕실에서 커다란 대야를 들고 나와 그 안에다 태우고, 부엌에 있던 빈 병에 재를 담아 마당에 묻었다. 금붕어 무덤 옆이다. 내가 어렸을 때 만든 무덤이었다. 남아 있어서 반가웠다. 무덤 앞에서 우는 아키오를 기다렸다가, 잠시 눈을 붙였다.

지금 첫 전철을 타기 위해 새벽길을 걷고 있다.

우리 사이에는 어제와 다른 불안이 감돌고 있다. 더불어 약간의 뿌듯함도 있다. 산 하나를 넘은 듯한 후련함이 우리를 침묵케 했다.

어제, 나는 눈썹을 다듬었다.

아키오는 내게 "세일러복을 물려줬으면 좋겠다"고 말했다.

"모레는, 위에는 세일러복 입고 아래는 바지 입을 거야."

아키오 눈빛이 타오르는 듯했지만, 그건 좀 아닌 것 같아서 일단 말렸다.

아키오는 자기 안에 있는 것을 죽이지 않기로 했다. 남자와 여자 가운데 어느 한쪽을 선택하는 게 아니라, 선택하지 않는 쪽을 선택한 것이다.

변화한 우리 앞에 새로운 전개가 기다리고 있을 것이다. 그 전개에 따른다는 게 아니다. 우리는 지금까지 하던 것처럼은 할 수 없다. 어제와는 인식하는 것도 보이는 것도 다르니까, 똑같이 움직일 수 없는 것이다.

나는 대체 누구일까.

아침 이슬 냄새가, 나의 소재를 흐리고 있다.

우리는 과연 어떻게 될까.

10월에는 체육대회, 11월에는 합창제, 그렇게 정해진 학교의 연례행사처럼 모든 것이 정해져 있다면 얼마나 좋을까.

중학교를 졸업하면 고등학교로 올라간다. 고등학교를 졸업하면 대학에 가고, 그다음에는 취직한다. 다들 그렇게 생각은 하고 있지만, 그런 생각이 우리를 안심시켜 주는 것은 아니다. 실은 아무것도 정해져 있지 않다. 캄캄한 바다에 떠다니고 있을 뿐이다.

나와 아키오는 지금, 검은 풍파에 휩쓸리며 걷고 있다. 발밑이 휘청 흔들렸다. 비틀거리다 아키오의 어깨에 부딪쳤다.

"괜찮니?"

키가 훌쩍 큰 아키오가 나를 내려다본다.

"응."

이제 집으로 돌아간다고 생각하자, 심장이 벌렁거렸

다. 아키오도 마찬가지일 것이다. 그의 상황은 더 나쁘다. '교복을 찢기는' 폭력을 일단락 짓지 않고 집에서 뛰쳐나왔다. 그대로 행방을 감췄다. 혼란에 혼란이 가중되었다. 어떤 상황에 있을지, 상상도 되지 않는다.

우리는 손을 마주 잡고 있었다. 아키오 손은 차갑고 건조했다. 내 손은 땀에 젖어 있어 조금 부끄러웠다. 닦고 싶은데, 손을 놓을 수 없었다.

아키오도 내 손을 꼭 잡고 놓지 않았다.

*

아파트 현관 앞에 앉아 있는 엄마가 보여, 우리는 걸음을 멈췄다. 엄마는 우리를 보자, 일어나 주머니에서 스마트폰을 꺼내면서 다가왔다. 퀭한 눈으로, 어딘가에 전화를 건다.

"…… 여보세요. 가오루코, 돌아왔어."

전화를 끊고, 왼손에 전화기를 쥔 채 우리 앞에 섰다. 따귀를 때릴 줄 알았는데, 손은 올라가지 않았다.

대신 끔찍한 눈으로 노려보았다.

"아주, 잘났어."

아마 엄마 자신도 무슨 말을 하고 있는지 모르리라. 그런데도 내가 '말도 안 되는 짓을 저질렀다'고 깨닫기에 충분했다. 아닌 게 아니라, 엄마는 오래전부터 제정신이 아니다.

그래도 나를 찾아 주었다. 분노를 내게 향해 주었다.

나, 사실은 상당히 오래전부터 엄마를 벽이라고 생각지 않았다. 아빠도 마찬가지다. 나를 둘러쌌던 성벽의 높이는 이미 내 머리 아래로 내려와 있다. 나는 몸의 절반을 벽 위로 쑥 내밀고, 아빠와 엄마를 가볍게 밟고 넘는다. 그들은 내게 의식주를 제공하고는 있지만, 나를 지켜 주지는 못한다. 그 무엇에서도 지켜 주지 못한다. 그런 공포가 있었다.

그런데 그런 건, 내 잘난 맛에 멋대로 빠진 불행한 히로인 환상이었던 것 같네요.

지금은 엄마가 무서워서, 나와 아키오는 혼이 난 강아지처럼 사타구니 사이에 꼬리를 감추고 있다.

이른 아침의 주택가에 엄마의 목소리가 울린다. 민폐가 되든 말든. 한참 설교를 듣고 있는데, 누군가가 뛰어오는 소리가 들렸다.

엄마가 입을 다물고 시선을 든다. 돌아보니, 아빠가 뛰어오고 있었다. 엄마가 아빠에게 전화를 걸었던 것이다.

보통은 당연한 일이겠지만, 내게는 '당연'한 일이 아니었다. 아빠와 엄마가 둘이 함께 나를 찾았다. 무릎에서 힘이 쭉 빠질 정도로 기뻤다. 주저앉을 뻔했는데, 버텼다.

아빠가 엄마 옆에 나란히 섰다. 나도 머리가 어떻게 되었는지, "여! 기다리고 있었습니다!" 하고 소리를 지를 뻔했다.

내 앞에 두 사람이 나란히 서 있다. 얼굴을 마주했다 하면 싸우던 두 사람이, 옆으로 나란히 서서 같은 곳을 보고 있다. 무대의 클라이맥스. 곤도!(내 성) 하고 외쳐도 좋지 않겠나.

신경질적인 반응을 보인 엄마와 달리 아빠는 침착

했다. 내가 왜 모습을 감췄는지 알고 있는 것이다.

바꿔 말하면, 이 사람은 자기가 무슨 짓을 하는지 알면서 지금까지 형편없는 언행을 계속해 왔던 것이다.

아빠 눈에서 나는 이런 목소리를 들었다.

'그야, 그렇겠지. 왜 가출을 안 하고 싶겠어.'

남 일처럼 말하네, 하고 생각했지만, 아빠는 엄마만큼 진지하게 고민하거나 생각하지 않을 것이다.

영락없는 아재다. 설명할 필요가 없으니, 좋지만.

"어디 있었어?"

쉰 목소리다.

"한노."

아빠가 눈을 약간 감았다. 그다음 눈을 떴을 때 눈꺼풀 속에서 메마른 눈동자가 나타나, 아키오를 보았다.

"내가 같이 가자고 했어."

얼른 내 쪽으로 시선을 끈다. 내 말에 무슨 말을 덧붙이려는 것인지, 뭐라 말하려는 아키오를 아빠가 턱을 들어 제지했다.

정말 화가 났다.

"데려다주마."

낮고 조용한 목소리였다. 뒷덜미를 짓눌린 기분이다. 아키오도 그러리라. 엄마의 혼란도 아빠가 와서 옆에 서는 순간 진정되었다. 사람 하나가 나타났을 뿐인데, 우리는 안정을 찾았다. 성인 남자의 위력인지도 모르겠다.

엄마는 아파트에 남고, 우리는 아빠 차를 타고 아키오네 집으로 갔다. 커다랗기만 했지 낡은 단독주택이었다. 옛날부터 이 부근에 살던 사람들인 듯하다.

아빠를 뒤따라 대문을 들어섰다. 심장이 너무 뛰어서 등까지 툭툭거렸다. 아키오는 아예 창백하다.

현관문이 한노 할아버지 집처럼 미닫이였다.

아빠가 벨을 누르자, 발소리가 나고 유리에 사람 그림자가 비쳤다. 자물쇠가 열리고 문이 옆으로 미끄러진다.

호리호리한 남자였다. 아빠보다 젊을 것 같다. 머리가 좋아 보이고, 등이 약간 굽었고, 점잖은 인상이다. 아키오와 비슷하다. 등을 쭉 펴는 순간 아주 멋있어질 듯하다. 그러나, 등을 펼 마음은 없는 듯한.

나는 붉은 기가 도는 얼굴에 1년 내내 탱크톱을 입고 지내는 단단한 아저씨를 상상했기 때문에, '이 사람이 아키오의 아빠'라고 머릿속으로 중얼거려야 했다.

이 사람이 아키오의 머리를 자르고, 세일러복을 찢은 그 사람이라고.

"아침 일찍부터 죄송하군요. 곤도라고 합니다. 우리 딸이 아키오 군과 같은 반인데."

아빠는 아침 햇살의 화신일까 싶을 정도로 상큼했다. 마치 무슨 전환 스위치를 누른 것 같다. 회사에서도 이럴까.

아키오를 '아키오 군'이라고 한 것도 멋졌다.

"예."

아키오 아빠의 폴로셔츠와 바지가 주글주글하다. 한숨도 못 잔 것이리라. 이 사람도, 아키오를 찾아다녔던 것이다.

부모가 자식을 걱정하는 것은 당연한 일일까? 본능에서 그러는 건지 의무감인지는 알 수 없지만, 역시 나는 기뻤다. 당연한 일이라고 해도, 특별한 일로 생각된다.

“저희 할아버지 집이 한노에 있어서요.”

아빠는 배 언저리에 두 손을 모았다. 과도하게 격식을 차린 것도, 너무 가볍지도 않은 단정한 자세였다.

“할아버지가 세상을 떠난 후로 딸이 간간이 공부방으로 사용하고 있습니다. 집에서 하는 것보다 집중이 잘된다는군요. 어제는 아키오 군과 함께 시험공부를 한 것 같은데, 그러다 그만 잠이 든 모양입니다.”

하하, 하고 학생 같은 목소리로 웃었다.

“눈을 뜨고 보니 아침이었다고 합니다.”

이렇게 술술 거짓말이 나올 수 있을까.

아키오는 어제, 자기 아빠가 교복을 가위로 잘라서 집을 뛰쳐나왔다. 그런 상태에서 시험공부라니 말이 안 되는데, 아빠의 상큼하게 웃는 얼굴이 억지스러운 설명에 설득력을 부여한다. 와, 무섭다.

“딸이 한노 집에서 하루 머물고 아침 일찍 돌아오는 일이 종종 있어서, 아내나 저나 그러려니 했습니다. 오늘 아침에야 딸이 아키오 군과 함께였다는 걸 알았어요. 변명도 못 된다는 거, 잘 압니다. 걱정 끼쳐 드려 죄송합니다. 우리 부부의 감독이 부족했습니다. 딸에게 단단히 이를 테니, 아키오 군은 꾸짖지 않으셨으면 합니다. 정말 죄송합니다."

아빠는 얼굴에 힘을 주고, 양팔을 옆구리에 딱 붙이고 차렷 자세를 하더니 머리를 깊이 숙였다.

사과에 익숙하네. 회사 일을 하면서 수도 없이 사과를 하는 것일까.

아키오 아빠는 우리 아빠의 술수에 휘말리고 있다.

오호라, 처음 대면하는 상대를 자기편으로 끌어들이는 데에는 태도도 중요할지 모르겠다. 일을 할 때에는 더욱이. 왕궁 주위를 뛰는 덕분에 자세도 좋고, 40대를 겨냥한 패션 잡지의 가르침으로 '사복 차림에 실망'하는 일도 없다. 빈틈없는 겉모습. 그것이 아빠의 방식이다.

일하는 상대에게, 자신이 자각이 없고 꼰대라는 사실을 굳이 알릴 필요는 없다. 손익을 놓고 겨뤄야 하는 상대와 멱살을 잡고 공방전을 펼칠 때는 아빠의 겉 모습이 유리할 수도 있겠다. 아빠는 그런 무기의 효력을 유지하기 위해, 늘 손질을 게을리하지 않는 셈이다.

흐음, 그렇군.

아빠의 각진 어깨와 허리로 내려오면서 좁아지는 라인과 탱탱한 엉덩이를 바라보았다. 이 스타일이 지금 아키오를 지켜 주고 있다. 아키오 아빠는 아이돌처럼 반짝거리는 우리 아빠 모습에 어리벙벙해 있다. 밤새 솟구쳤던 분노가 이른 아침의 상쾌함과 아빠의 하얀 이에 빨려 들어간다.

"그랬군요. 저희야말로 신세를."

아키오 아빠가 주춤주춤 머리를 숙였다. 아키오를 쳐다보는 눈에도 분노는 없었다. 우리는 반사적으로 긴장했지만, 아키오 아빠의 표정에는 피로감과 …… 뭐라고 표현하면 좋을까, 나를 슬프게 하는 무엇밖에 없었다. 나도 모르게 탯줄을 잇고 싶어진다.

안 되지. 배에 손을 대었지만, 내 가슴은 한 번 느낀 슬픔을 이미 기억하고 말았다.

이 사람은 아키오를 모른다.

자기 자식인데, 우주인이라도 되는 것처럼 모른다. 아키오는 천사니까 어쩔 수 없지만, 그래서 이 사람은 슬픈 것이다.

아키오 아빠는 몸을 비켜 문과 거리를 두었다. 아키오가 집으로 돌아가는 문.

"본의 아니게 폐를 끼쳐서 죄송합니다."

아키오가 우리 아빠 쪽으로 몸을 돌리고 머리를 숙였다.

"폐는 무슨 폐. 또 놀러 와요."

아빠의 하얀 이가 아침 햇살에 빛난다. 오호, 대단하다. 아빠가 아키오 아빠에게 다시 한 번 확인한다.

"아드님을 혼내지 마세요."

아키오 아빠는 목을 앞으로 내밀듯 하면서 고개를 끄덕였다. 그리고 아키오의 등을 살짝 민다. 아키오가 나를 돌아보았다. 나는 눈으로만 인사했다.

현관문이 옆으로 열렸다가, 닫힌다.

아빠가 움직이지 않는 문을 쳐다보고는 후 숨을 내

쉰 다음 나를 내려다보았다.

"언제 말할까 했는데."

마른침을 삼켰다. 이마를 툭 치는 정도는 각오하고 있었다.

"눈썹, 멋진데."

나는 실망해서 맥이 빠졌다.

"네 손으로 정리한 거니?"

"…… 아니야. 아키오가."

"호오, 솜씨가 좋은 모양이군. 루시 류 같다."

아빠는 역시 아빠였다.

그러나 여느 때만큼, 싫다는 생각은 들지 않았다. 이 사람은 아무것도 묻지 않고 아키오를 지켜 주었다.

"그런데."

아빠의 표정이 달라졌다. 본 적 없는 얼굴이었다. 나를 혼낼 때와도 칭찬할 때와도 다르다. 조금 씁쓸해하는 표정이었다. 나를 어떻게 다루면 좋을지 모르겠다는 식의.

"아무 일 없었지?"

말의 의미를 알 수 없었다.

아빠가 이마에 손을 대었다.

"아니다, 됐다. 그렇게 멍한 걸 보면 아무 일 없었다는 거니까. 아빠 얼굴도 똑바로 보고."

"무슨 말이야."

되묻는 순간, 내 안에서 의미가 되살아났다.

아빠는 나와 아키오 사이에 육체관계가 있지 않았는지를 묻는 것이다.

그렇구나, 같은 집에서 하룻밤을 지냈다는 건 그런 의미도 되는구나.

으아악, 이런 얘기, 아빠랑 하는 거 진짜 싫다. 매실장아찌를 먹었을 때처럼 근육이 오그라들었다. 불편해서 견딜 수가 없었지만, 하룻밤 동안 걱정을 끼쳤으니까 있는 그대로 얘기하는 수밖에 없다.

"아빠, 남의 집 앞에서 할 얘기가 아니잖아. 차에 가자."

아빠가 주머니에서 차 열쇠를 꺼낸다.

기본적으로 레이디 퍼스트인 사람이, 오늘은 앞서

걷는다.

*

차 안에는 담배 냄새가 남아 있고, 재떨이에는 꽁초가 네 개 꽂혀 있었다.

"너 찾는 동안에 피운 거야."

아빠가 등받이에 기댄다. 이 사람과 이렇게 단둘이 얘기를 하다니, 얼마만일까.

아빠가 평온해 보이는 것은 니코틴 덕분일까.

"왠지, 할아버지 집에 있지 않을까 하는 생각은 들었어."

나는 조수석에 앉아 재떨이 구멍을 세고 있다.

"그런데 한노까지 찾으러 가고 싶지는 않았다. 네가 그 집에 있다면 방해해서는 안 될 것 같았고, 없으면 의미가 없으니까."

"방해?"

"내가 찾으러 가면, 그 집은 의미가 없잖아."

나는 두 가지 서운함을 느꼈다. 한 가지는 아빠가 자

기를 '나'라고 한 것.

다른 한 가지는 나의 고독을 존중해 주려 한 것.

아빠는 엄마보다 훨씬 빨리 나를 한 인간으로 인정한 것인지도 모른다. 자기 생각대로 되지 않는, 정체를 알 수 없는 존재로 보고 있는지도 모른다.

인정해 주는 것은 기쁘다.

하지만 나는, 아빠가 생각하는 만큼 자립하지 않았다. 오늘 아침, 엄마에게 혼이 나서 오히려 안도했던 것처럼, 아빠도 찾아와 주기를 바란다. 실제로 찾아왔다면 기분 나쁘고 화가 나서 관계가 틀어질 게 뻔하지만. 나는 불가능한 일을 원하는 이기적인 소리를 하고 있다.

그래도 서운한 건 서운한 거다. 아직 열네 살밖에 되지 않았으니까(아빠가 들으면 좋아할 말이다).

"요즘 젊은 애들은 밤에 어디서 노니?"

"몰라."

"텔레비전에서 본 대로 추측할 수밖에 없어서 이케부쿠로의 선샤인시티와 시부야 센터거리 찾아다녔어.

신주쿠는 도무지 어디가 어딘지 알 수가 없어서 역 주변만 빙빙 돌았고."

아빠는 늘어진 목소리로 말하고는 슬쩍 웃었다.

"누가 시비를 걸지 않아서 다행이었지."

하품을 쩍 한다.

나는 심장이 아파 숨을 쉴 수가 없어서, 사과도 할 수 없었다.

"회사는, 괜찮아?"

"연락했어. 너는, 학교에 갈 수 있겠니?"

"응. 좀 늦겠지만."

"지금까지 지각도 결석도 안 했으니까, 오늘 하루 정도는 괜찮아."

"개근하면 졸업식 때 표창장 받는데."

"어, 정말?"

아빠가 등받이에서 몸을 일으켰다. 내가 굉장한 것을 놓치기라도 한다는 듯.

"개근상 같은 거, 안 받아도 상관없어."

"가야겠다."

아빠가 시동을 걸었다.

“나도 좀 자고 싶어.”

“그건 안 되지. 학교에 가.”

아빠의 목소리 끝이 갈라졌다. 평소에 내가 조롱하는 아빠와는 다른 사람이 여기 있다.

“아빠.”

“응.”

“미안해.”

“그래.”

아빠가 대시보드에서 담배를 꺼내 입에 물었다. 그러고는 “아” 하면서 다시 갑에 집어넣으려 한다.

“피워도 돼.”

내가 차창을 열자, 아빠는 잠시 주저하다가 불을 붙였다.

“아빠도 말이지.”

‘나’에서 ‘아빠’로 돌아왔다.

“가오루코, 너에게는 미안하게 생각하고 있어.”

서운함과 분노와 슬픔이, 마블아이스크림처럼 뒤섞

였다.

"역시, 이대로 가면 안 되겠지."

아빠는 무언가를 결심한 듯 보였다.

이대로 가면 안 되다니, 뭐가?

그런 질문을 하는 것조차 시큰둥했다. 내 머릿속에서는 이미, 그것이 생겨났다. 가장 믿고 싶지 않은 일, 가장 생기지 않았으면 하고 바랐던 일이 착착 진행되고 있다.

6

나와 아키오는 중학교 2학년에 올라와 처음 같은 반이 되었다.

"곤도 가오루코입니다. 잘 부탁해요."

"주바치 아키오입니다. 잘 부탁드립니다."

누구를 향해 하는 말이 아니라서 어디를 보면 좋을지 모르는 자기소개가 우리의 첫 만남이었다.

그걸 만남이라고 할 수 있을까?

그때 우리가 서로를 인식했다고는 생각되지 않는다.

남자와 여자가 얘기하게 되기까지는 시간이 걸리니까, 주바치에 대해서도 그냥 같은 반 아이, 좀 잘생긴 남자아이라고만 생각했다. 피부가 하얗고 눈이 커다랗고, 키가 크고 날씬하고, 머리칼이 하늘거려서 순정만화에 등장하는 사람 같았다. 같은 반 여자아이들은 모두 아키오에게 관심을 쏟았다.

하지만 아무도 아키오를 멋지다고는 하지 않았다. 우리는 사랑이나 선망에 아주 조심스럽다. 약점이 된다는 걸 알기 때문이다. 나 자신의 약점이 아니라, 놀림의 대상이 된다는 의미다.

아키오는 예쁘게 생긴 데다 달리기와 공부도 잘하는, 그야말로 슈퍼보이였다(당시에는). 게다가 몸짓도 나긋나긋하고 모두에게 친절했다. 왕자님 같았다.

4월 말에 자리바꿈이 있었다. 우리 학년에서는 자기 자리를 중심으로 전후좌우 여섯 명씩 팀을 지어 공부한다.

아키오와 같은 팀이 되었다. 1학기 동안, 이 팀으로 과학 실험도 하고 국어 독해도 사회 자료 조사도 한다.

같은 팀에서 우리는 수업에 관한 얘기만 했다. 끔찍한 그 퍼포먼스 시간도 지났다.

그 무렵에 나눈 대화는 얘기를 나눈다기보다 목소리의 주고받음이라는 편이 맞을지도 모르겠다. 반에서 화려한 축에 속하는 여자아이들은 조금씩 아키오를 비롯한 남자아이에게 말을 걸게 되었지만.

내가 처음 아키오와 '대화'를 나눴다고 생각한 때는 요리 실습 시간이었다. 우리는 감자 껍질을 벗기면서 겨우 언어를 사용할 기회를 얻었다.

"잘 벗기네. 너 요리도 하니?"

"응. 해. 엄마가 일 때문에 바쁠 때는 …… 앗!"

손이 미끄러져, 아키오가 하마터면 손가락을 벨 뻔했다.

"필러로 깎아."

"이왕이면 칼을 잘 다루고 싶어서."

"말 들어. 연습은 집에 가서 하고. 내가 불안해서 그래."

나는 서랍에서 필러를 꺼내 아키오에게 건넸다.

"하하, 불안하다고."

왕자가 서민에게 보내듯 아름다운 미소를 머금은

채, 아키오는 칼을 내려놓지 않았다.

"필러, 어떻게 사용하는지는 아니?"

나는 약간 깔보듯이 물었다.

"내가 가르쳐 줄까?"

아키오는 아쉬운 듯 칼을 보고 있다가, 내가 심술궂게 한 번 더 묻고서야 칼을 내려놓았다.

돌이켜 보면, 그때가 나와 아키오 사이에 우정이 싹튼 순간이 아니었나 싶다.

아키오는 칼을 내려놓기 위해 어떤 계기가 필요했다. 나, 탯줄을 휘두르는 슈퍼걸은 그걸 알고 있었다.

"남자는 부엌에 들어가면 안 된다."

아키오는 시답잖다는 듯이 필러를 눈높이로 들어올리면서 중얼거렸다.

"우리 집이 좀 그렇거든. 그래서 부엌에 못 들어가. 칼도 쥘 수 없고. 음식이든 마실 것이든, 누나나 엄마가 가져다주면 먹어야 해."

"헉. 불편하네. 자기 손으로 하는 편이 빠른데."

아키오는 전혀 예상치 못한 말을 들었다는 듯이 눈

을 번쩍 떴다.

"아, 미안. 내가 좀 이상한 말을 했나. 나도 물론 밥은 엄마가 지어 주는데."

"임금님 놀이."

아키오가 감자에 필러를 댔다.

"아니다, 가게 놀이 같은 거네."

휙, 껍질이 날았다.

아키오에게서 칼을 압수한 나, 칭찬해 주었으면 한다. 칼이 자기 손가락을 베어 주기를 기다리는 것 같았으니까.

"필러 가지고도 요리할 수 있어."

나는 당근을 딸랑이처럼 흔들었다.

"당근채조림 있지, 채 썰지 않고 필러로 긁어서 해도 맛있어. 식감이 좋아. 많이 먹을 수도 있고. 긁는다는 게 뭔지 알아?"

"응."

100퍼센트 영혼 없는 대답이었다. 절대 모를 것이다.

"다음에 한번 해 봐. 간단하니까. 필러로 쓱쓱 긁는

게 다니까, 거실에서 텔레비전 보면서도 할 수 있어. 남자가 부엌에 들어가지 않고도 요리는 할 수 있다고."

아키오는 얼빠진 표정으로 나를 보았다.

"헉, 내가 또 이상한 말을 했니?"

아키오가 배를 잡고 웃었다. 이번에는 왕자가 아닌, 열네 살 소년의 웃음이었다. 아키오가 이렇게 웃다니. 다들 깜짝 놀랐다.

물론 '남자가 부엌에……'라는 말이 '남자는 부엌에서 일하면 안 된다'는 의미라고는 생각지 않는다. 거실에서 껍질을 벗기면 된다는 것도 아니다.

그래도 말하지 않을 수 없었다.

"가게 놀이 같은 거네"라고 말할 때의 아키오 목소리가 내 가슴을 충분히 서늘하게 했기 때문에.

내가 증조할아버지 집의 열쇠를 꼭 쥐고 귀를 막았을 때의 그 서늘함과 비슷했기 때문에.

요리 실습 시간에 만든 감자샐러드와 크로켓은 정말 맛있었다.

그날부터 나와 아키오는 진짜 '대화'를 하게 되었다.

특별히 무슨 얘기를 나누는 것은 아니다.

그의 옆에는 다른 여자아이가 앉아 있고, 내 자리는 그 여자아이 뒤였으니까.

짝꿍이란 유사 부부 같은 것이다. 일종의 독점권이 있다. 짝꿍인 여자아이를 우선해야 하는 것은 암묵보다 깊은 지층에 있는 룰이다. 그래서 더욱이 이 반에서 최고의 미인 옆자리를 모두가 노리는 것이다. 그렇게 생각하면 내 짝꿍이 된 남자아이가 불쌍하다.

나와 아키오는 인사를 건네기가 좀 쉬워졌을 뿐이다. 남자아이들이 나나 다른 여자아이를 놀릴 때, 아키오는 가만히 미소만 지었다. 그 미소는 자기 존재를 지워 버리려는 것처럼 보였다. 그런 때는 실제로도 아키오가 있다는 걸 모두가 잊고 있었다. 남자아이는 여자아이를 놀릴 때마다 철없이 우쭐대기만 했고, 여자아이는 화를 내고 귀찮아하면서도 묘한 기쁨이 있다는 것에 당황할 뿐이었으니까.

그 얼빠진 소동에 나도 휩쓸려 있었지만, 요란을 떨면서도 나는 아키오를 시선 끝으로 지켜보고 있었다.

아키오 역시 부처님 같은 얼굴을 하고 긴장하면서도 시선으로 나를 좇고 있었다.

우리는 그런 식으로 우정의 꼬리를 잡고서 오래도록 '……인 듯하다'는 느낌 속을 떠다녔다. 서로를 감시하는 엄혹한 교실 안에서, 남녀가 일정 이상의 거리를 좁히는 것은 어려운 일이다. 아키오는 팬이 많은 미소년이고, 나는 눈썹은 부숭부숭하고 어깨는 떡 벌어진 여자였으니까, 말할 것도 없다.

나는 아키오가 좋았고, 아키오도 나를 좋아한다는 건 알고 있었다. 그 이상의 관계로 발전시킬 필요는 없었는지 모른다.

여름방학이 끝난 다음, 그가 커밍아웃을 했다.

무엇이 그를 결심하게 했는지는 모르지만, 풍선을 바늘로 찌른 것처럼 갑작스러운 일이 아닌 것만은 분명하다.

자포자기도 아니고 하물며 영웅주의도 아니다.

아키오는 지적이고, 아름답다. 그는 오래전부터 자

기 몸에 대해서 생각해 왔다. 자기가 누구이며, 앞으로 어떻게 해야 하는지를 계속 생각해 왔다. 산을 오르는 중에 발견한 꽃의 이름이 커밍아웃이었을 뿐이다. 깎아지른 절벽에 핀 한 송이 꽃. 그는 위험을 무릅쓰고 그 꽃을 따서 우리에게 보여 주었다.

그렇게 엄청난 일을 어떻게! 하는 심정으로 존경했지만, 당시에는 나도 당황했다. 나는 '당황'과 마주하면 필요 이상 시니컬해지거나 마음을 얼음으로 위장한다. 아키오를 상당히 싸늘하게 바라보았다. 당황함의 뜨거움과 방어의 차가움 사이에서 어쩔 줄을 몰랐다.

정작 커밍아웃은 조용히 했지만, 곧이어 광란과 열광의 시대로 돌입하는 아키오를 보았기 때문이다. 세일러복을 입고 몸을 배배 꼬며 여자 같은 목소리로 말하는 아키오를. 어디서 끌어온 여성상인지 모르지만, 그것이 그가 바라는 모습이라고는 도저히 생각되지 않았다.

행위 자체를 광란이라고 하는 것이 아니다. 아키오가 자기 행동에 취한 것처럼 보였다. '광란'이라는 이름의 술로 자신을 마비시키려는 것처럼 보였다. 나는, 그때의 아키오를 그다지 좋아하지 않았다. 그에게서 기쁨을 느낄 수 없었다.

진정한 자신을 고백했는데, 그 자신에게 휘둘리는 듯이 보였다. 자유를 찾아 우리에서 벗어났는데, 다른 우리로 옮겼을 뿐이잖아, 하고 생각했다.

가혹한 시각이었다고 반성한다. 아키오는 나의 싸늘한 시선에 상처 입었다.

아키오는 커밍아웃 한 후의 자신을 어떻게 표현하면 좋을지 몰랐을 뿐이었는데. 그래서 위기를 열광으로 상쇄하려 한 것이었다. 필사적으로 순간순간을 헤쳐 나가려 한 것이었다.

아키오 주변에서 사람이 사라져 갔다. 그는 고립되었다. 물론 수업에서 배운 지식으로 시야를 넓힐 수는 있었지만, 그것을 옳게 사용할 수 있을지 우리는 자신이 없었다.

우리는 수업을 받는 동안 배우가 될 수 있으니, 얼마든지 이해한 척할 수 있다. 교육 영상을 본 후의 감상

문은 선생님이 요구하는 걸 쓸 뿐이다.

'아키오를 배제하지 않아요. 우리는 지혜롭고 넓은 마음으로 단결했으니까요.'

그 수업은 우리를 위해서가 아니라, 선생님을 안심시키기 위한 것이었다.

우리는 정말 당황했고, 아키오와 자연스럽게 얘기할 수 없게 된 자신을 혐오했다. 수업 중에 관대하고 포용력 있는 학생을 연기할 때마다 너른 바다로 떠내려가는 듯한 감각을 느꼈다.

우리는 더 이상, 자신을 혐오하고 싶지 않았다. 마음 좁은 인간이라고 생각하고 싶지 않았다. 아키오와 거리는 두는 일조차, 사실은 괴로웠다.

그러나, 아무것도 할 수 없었다. 마치 젤리에 파묻힌 것처럼, 옴짝달싹할 수 없었다.

아키오는 그 젤리를 스스로 걷어 내려 했다.

그야말로 슈퍼에인절.

그때를 돌아보면 돌아볼수록, 나는 아키오가 좋아진다.

그는 젤리의 벽에서 조그만 틈을 찾아냈다.

눈썹이다.

어느 날 그는, 내 자리 앞에서 말했다.

"네 눈썹, 다듬게 해 줘."

어떻게 반응하면 좋을지, 친절이나 단결 따위는 생각할 틈이 없었다.

"뭐?"

퉁명스러운 목소리가 나왔다.

내가 커밍아웃 이전의 그에게 취했던 태도였다. 자전거를 한 번 타게 되면 공백이 있어도 몸이 기억하고 있는 것처럼, 내 몸이 아키오를 대하는 태도를 기억하고 있었다.

"뭐?" 하고 묻는 순간, 편해졌다.

아키오는 이제 '남자아이'가 아니지만, 아키오란 사실은 변함없다.

배 언저리에서, 툭 하는 소리가 났다.

우리는 눈썹을 놓고 사이좋게 투덕거리게 되었다.

아키오가 나를 '가오루코'라고 이름으로 부르게 된 것도 그 무렵이다.

눈썹을 선택한 아키오, 정말 대단하다.

너무 갑작스러워서, 긴장할 새도 없었다. 더 정중하게, 순서에 맞게 했다면, 나는 그렇게 대처할 수 없었을 것이다.

사이가 멀어진 반 친구에게 갑자기 말을 거는 공포, 얼마나 겁이 났을까. 그것도 "네 눈썹, 다듬게 해 줘"라니.

"가오루코는 괜찮을 거라고 생각했어."

훗날, 아키오는 그렇게 말했다.

"가오루코는, 부딪쳐 봐도 괜찮다는 거, 알고 있었어."

나는 그렇게 친절하지도 않고, 포용력이 많지도 않다. 그렇게 다시 얘기를 할 수 있었던 것은, 아키오의 용기 덕분이다.

내가 그렇게 말하자, 그는 누가 옆구리를 간질인 것

처럼 몸을 한들거렸다.

*

수면 부족의 후유증이 반드시 아침에 온다고는 할 수 없겠다.

평소보다 눈이 말똥말똥할 정도다.

왜냐, 학교에 가면 아이들이 내 눈썹을 저절로 보게 되기 때문이다.

아빠는 "지각하면 안 된다"고 못을 박았다. 자기는 바로 침실로 갔으면서.

엄마가 아침을 차려 주었다. 몹시 피곤한 얼굴이었지만, 화장도 하고 옷차림도 반듯했다. 늘 나가던 시간에 출근하려는 모양이다. 엄마의 피곤한 얼굴을 본 나는, 두 번 다시 걱정 끼치지 않겠다고 다짐했다. 지금까지도 몇 번이나 다짐했지만. 그러고는 이내 잊어버리지만.

평소와 다름없이 맛있는 식빵을 두 쪽 먹고, 코코아

를 마시고 집을 나섰다. 오른손에는 하복이 든 쇼핑백을 들고 있다.

아, 참. 엄마가 내 눈썹을 보고 이렇게 말했다.

"변하기도 하네."

칭찬이다. 그거 하나로 피의 순환이 좋아졌다. 학교에 가는 공포도 완화되었다. 엄마에게 칭찬을 받는 게 내게는 가장 중요한 사항이다. 아직 열네 살밖에 안 되었으니, 그럴 수밖에!

최대한 가슴을 쫙 펴고 걸었다. 앞머리가 짧아서 숨길 수 없다. 그러니 차라리 당당하게 내보이는 수밖에 없다.

가는 도중에 친구를 만났다. 단발머리에 커다란 안경을 끼고, 목에 헤드폰을 걸고 있다. 보란 듯이 들고 다니는 큼지막한 책이 트레이드마크다. 오늘은 《참을 수 없는 존재의 가벼움》이었다. 정말 읽고 있는지 의심스럽다.

"안녕."

친구는 입을 쩍 벌리고 내 눈 위를 쳐다보았다.

"드디어."

겨우 쥐어짠 용기가 친구의 시선에 허망하게 녹아 버린다.

"이마에서 손 떼."

친구는 내 손목을 꽉 잡았다.

"호오, 예쁜데. 흐름이 살아 있어. 으음, 이렇게 해 주는구나."

그녀는 눈썹이 절반밖에 없다. 그렇게 하면 눈이 커 보인다고 하는데, 나는 잘 모르겠다.

"아키오가 해 준 거야?"

순간적으로 말이 막혀, 고개를 끄덕였다. 눈썹을 둘러싼 우리 둘의 옥신각신은 반 아이들 전체가 다 안다.

"결국 졌구나."

절반 눈썹이 책 표지를 손바닥으로 탁탁 치면서 자지러지게 웃었다.

졌나? 나는 고개를 갸웃했다. 딱히 화가 나지는 않는다. 증조할아버지 집에서 무슨 일이 있었는지, 누구에게도 설명할 마음은 없다.

우리는 나란히 걷기 시작했다. 절반 눈썹의 반응을 얻어서 조금은 기분이 편해졌다.

교실에 들어서자, 다들 늘 하던 대로 "안녕!" 하고 말했다.

그뿐이었다. 눈썹 따위는 아무도 보지 않았다. 다른 사람의 변화는 그리 쉬이 눈에 띄지 않나 보다. 머리 스타일이나 체형이라면 몰라도 눈썹이 달라진 정도는 대단한 일도 아닌 것일까.

그보다 대놓고 "달라졌네" 하고 말할 필요가 없는지도 모른다. 부모님이나 친구가 그렇게 말해 주는 것은 많든 적든 내게 관심이 있기 때문이다.

주뼛거리는 게 오히려 바보 같다.

바보 같다고 생각하고서야, 모두가 주목해 주기를 조금 기대했다는 걸 깨달았다.

아아, 진짜, 바보 같네.

아침 학급 회의가 시작되었는데도 아키오는 나타나지 않았다.

빈자리를 보면서 안절부절못한다. 수업도 안중에 없

다. 정체 모를 불안이 담배 연기처럼 온몸을 휘감는다.

아키오가 교실에 들어온 것은 2교시가 끝난 후였다.

교실이 술렁거린다. 내 눈썹과는 비교가 되지 않는다. 오랜만의 '남학생 모습'이다.

"안녕."

"안녕."

뭐가 좀 이상하다. 아키오의 모습이 지금은 '올바른' 남자 중학생이다. 그가 내게 선언했던 모습이기도 하니까, 이상할 게 없어야 하는데.

주변 공기가 뒤틀렸다고밖에 표현할 길이 없다. 어딘가 모르게 부자연스럽다. 아니, "그게 아니지!" 하고 외치고 싶어질 듯한 모습이다.

생각하기 전에 몸이 움직였다. 등을 툭 치자, 아키오는 몸을 뒤로 젖히듯 움찔했다.

역시.

내 눈이 감긴다. 배 속이 움직인다. 넓적한 손이 주물럭대는 것처럼, 꿈틀꿈틀 움직인다. 강한 힘이, 천천히, 천천히, 혈관을 확대시킨다.

아키오의 손을 잡고 교실에서 나왔다.

"가오루코."

나무라는 듯한 목소리가 들렸지만, 몸을 앞으로 약간 숙인 자세로 성큼성큼 걷는다.

"수업 시작하잖아. 교실에 가자."

아키오는 걷지 않으려고 다리에 힘을 주었지만, 그깟 힘 정도야! 살이 투실투실한 매머드 같은 다리라서 다행이다!

"실례합니다."

보건실은 다른 건물 1층에 있다.

"네, 들어와요!"

피리 소리처럼 높은 목소리가 들렸다.

문을 열고 아키오를 끌고 들어갔다.

보건실의 지쿠모 선생님은 구불구불한 머리를 하나로 묶고, 연두색 긴 티셔츠와 통이 넓은 검은 바지 위에 하얀 가운을 입고 있었다. 엄마보다 나이가 조금 많은 여자이고, 탱글탱글 살이 쪘다.

나는 이 선생님을 좋아한다. 수업을 듣기 싫어 꾀병

을 부려도, 다그쳐 묻지 않고 침대에서 쉬게 해 주니까. 무엇보다, 아키오가 학교에서 지내기 쉽도록 힘을 보태 주니까.

"웬일이니?"

엉덩이를 뒤로 빼고 있는 아키오를 선생님 앞으로 끌고 갔다. 지쿠모 선생님은 웃음기를 지우고 일어나 아키오 뒤로 돌아갔다.

"앉아 봐."

어깨에 손을 얹자, 아키오는 또 온몸에 힘을 주었다. 나와 선생님은 반사적으로 눈을 마주했다.

나는, 아키오에게 무슨 일이 있었는지 알았다.

아키오는 다른 사람은 몰라도 내게는 보이고 싶지 않은 것이다.

몸이 아니라 마음에 상처를 입는 일이라서. 몸의 상처를 보인다는 것은, 그때의 굴욕을 (굴욕이 아니고 무엇이랴!) 내 앞에서 되살리는 거니까.

안다.

그는 절대 보건실에 오고 싶지 않았다. 그의 마음을

생각하면, 나는 올바른 일을 했다고 할 수 없다.

"아키오. 옷 좀 올려 봐도 될까?"

지쿠모 선생님 역시, 벌써부터 뭔가를 알아차렸는지도 모른다. 차분한 목소리였지만, 거기에는 거부할 수 없는 엄격함이 담겨 있었다.

아키오가 고개를 푹 숙인다.

선생님이 아키오의 셔츠를 천천히 끌어 올렸다. 나는 눈을 감으려다, 말았다. 아키오의 아픔을 다른 사람 눈에 드러나게 한 것은 나다.

그의 등은 빨갛게 부어올라 있었다.

옷이 스치기만 해도 아팠을 텐데.

내 머리에 또 화면이 떠오른다. 눈을 꾹 감았다.

아키오 아빠가 몸을 웅크리고 있는 아키오를 걷어찬다. 손에는 허리띠를 쥐고 있다. 걷어차고, 휘두르고, 걷어차고, 휘두르고.

"얼음찜질을 해야겠네."

선생님이 냉동실에서 아이스팩을 꺼내 수건에 싸서 아키오 등에 대었다. 아키오는 이제야 아프다는 듯이 몸을 뒤틀었다.

나는 입술을 깨물었다. 배가 뜨끈뜨끈했다.

내 몸속에 있는 보물이 배 속에서 외치고 있기 때문이다. '나 여기 있다'고 소리를 지르기 때문이다.

보물이란, 바로 나의 사고.

이른 봄에 약간 다쳤다. 그냥 덜렁대서였다. 열심히 베란다 청소를 하다가 일어서면서 유리문 자물쇠에 눈이 부딪쳤다. 창틀 레일에 쌓인 먼지를 긁어내는 데 정신이 팔려, 거리 감각을 잃었던 것이다. 눈 가장자리에서 피가 흘렀다. 눈 주위가 보라색으로 부어올랐다. 그날은 두통이 가시지 않았다. 엄마가 몇 번이나 얼음주머니를 만들어 주어 기뻤다.

그날 나는, 여러 가지 생각을 했다.

그날 밤에 본 영화도, 우연 같지 않았다.

저녁을 먹은 후에 머리가 띵한데도 텔레비전을 보았다. 불량소년의 항쟁을 그린 영화였다. 폼 나는 남자아이들이 여럿 등장해서, 설렜다.

그런데 싸우는 장면이 되면 냉담해지고 말았다.

어렸을 때 종종 갖고 놀았던 자석 그림판. 그것과 비슷했다. 판에 그린 설렘이, 폭력적인 장면이 등장하면 슬라이드 레버를 당긴 것처럼 쏙 지워진다.

아프니까 그렇지!

아픔의 장점을 하나도 몰랐으니까 그렇지!

사람을 때리는 사람은, 맞은 적도 있을 것이다. 그때 받은 충격과 아픔에 놀라지 않았을까. 나처럼, 멍해지지 않았을까.

나는 상처의 아픔보다 그다음에 찾아온 공백감이 더 무서웠다.

아픔을 알면서도 타인에게 아픔을 줄 수 있는 것은 타인이 자기가 아니기 때문일까. 타인의 아픔은 자기와 무관하기 때문일까. 아니면 치고 박는 것 자체가 대화인 것일까?

때리는 것만이 폭력은 아니다. 우리 집도 폭력으로 가득하다.

우리 아빠는, 물건을 부수고 소리를 지르면서 엄마

를 위협합니다.

그 공기로, 나의 세포를 파괴합니다.

우리 엄마는, 언어로 아빠의 존엄을 깨부숩니다.

같은 입으로, 나를 세상에서 가장 추한 생물이라 여기게 합니다.

우리 집은 그 주고받음으로 돌아갑니다.

나는 온갖 곳에다 탯줄을 이은 탓에, 늘 누군가의 고통을 고스란히 느꼈다. 누군가의 고통은 곧 내 고통이었다.

탯줄을 잇는 것은, 성숙하지 못하다는 증거다. 여러 사람의 아픔을 내 일처럼 느끼는 것은, 결코 미덕이 아니다. 불필요한 피로감만 쌓이니까. 무모한 소모니까.

그렇다면, 성숙은 뭘까.

탯줄을 끊어 버리면 되는 것일까. 타인의 아픔과 나를 구분할 수 있으면 성숙한 것일까.

아키오 아빠는 아키오의 아픔이 그에게서 끝난다고 생각하는 것일까. 인간으로서 성숙했기 때문에 그렇게 생각할 수 있는 것일까.

"때려야만 깨닫는 일도 있지."

나는 여러 곳에서 이런 말을 듣는다.

"몸으로 알게 하는 거야."

그게 대체 뭘까.

우리는 머리의 지성과 몸의 지성을 겸비하고 있다. 말로 교류하고 몸짓으로 표현한다. 그 교류는 답답하다. 피곤한 일이기도 하다. 자기 안의 백자를 밖으로 꺼내는 것은, 소중한 것을 검은 해초로 만드는 일이기도 하니까.

소중한 그릇을 굳이 밖에다 꺼내 놓고, 쇳가루를 떨어내면 드러나는 백자의 색감을 어떻게든 상대에게 보여야만 한다. 얼마나 귀찮은 일인가. 그러니 때리는 둔기로 사용하는 편이 빠르고 편리하다.

죽이면, 상대에게 아무것도 전해지지 않지만.

폭력은 애당초 모든 교류에서 비켜나 있다. 자기 의사를 전달하는 데 가장 부적합한 방법이다. 그것은 언어가 아니다. 그 어떤 몸짓도 아니다.

힘으로 몸과 마음을 제압하고, 상대의 세계에 양동이 가득 담긴 검은 잉크를 끼얹는 행위다. 그 사람만이 지닌 눈의 색, 손짓, 숨결, 고동, 생명의 영위가 빛는 선연한 세계를 한 가지 색으로 뒤덮어 버리는, 철저한 부정이다.

부정은 상대의 마음에 깊은 구멍을 뚫는다. 그리고 폭력은 거기에 바로 거짓을 심는다.

세계는 하나. 이 검은 세계뿐. 어디까지 도망치든 마찬가지. 끝없이 뛰어 봐야 출구는 없다. 여기 있을 수밖에 없다.

그런 거짓을.

나는 아빠와 엄마가 싸울 때면 언제나 책꽂이를 바라보았다. 세계는 하나가 아니다. 여기가 전부라고 생각지 마라. 책이 그렇게 말해 줘서, 나는 속지 않을 수 있었다.

그렇지 않았다면, 내 앞에 놓인 것은 빛이 없는 미래. 살아 있을 수 없었으리라.

그런데도 살고 싶어서, 나는 폭력에 부탁했으리라.

무슨 말이든 들을 테니, 절망만은 보여 주지 말라고.

그 부탁이야말로, 폭력이 원하는 것이다.

하라는 대로 하는 한, 폭력은 부드러워진다. 타인을 조정하는 데에는 좋은 방법인지도 모르겠다.

하지만.

나는 아키오의 등을 쳐다보았다. 아키오의 아픔은, 거기에 있지 않다.

안다. 알고 있다.

우리는, 자기 집의 이상함이 타인에게 알려지는 걸 바라지 않는다. 우리의 생명은 집과 직결되어 있으니까. 자기 집에서, 자는 장소와 먹는 음식, 생명의 양식이 주어지니까. 지키려고 한다. 숨기려고 한다.

아니.

의식주가 필요해서 숨기는 것은 아니다.

우리는, 쉽사리 그 장소를 싫어할 수 없다. 그렇게 생겨 먹지 않았다. 집에는 우리가 태어나고 자란 시간이 쌓여 있기 때문이다.

우리는, 우리의 인생을 부정하고는 살 수 없다. 집

과, 집을 채운 시간과, 그 안에 있는 사람들을 사랑할 수밖에 없다.

우리는, 그런 장소에서 행해지는 폭력을 폭력으로 인식하지 않는다. 사랑하는 사람이 취하는 행동을 폭력이라고 생각하지 않는다.

그래서, 자기가 나쁘다고 생각한다. 자기 잘못이라고 생각한다.

당연한 대가라고 생각한다.

자기 하나만 잠자코 있으면 된다고 생각한다.

"말 안 했으면 좋겠어요."

정말 조용한 목소리다. 화를 내거나 슬퍼하는 것은 사치일 뿐, 어울리지 않는다는 식의 목소리다. 아키오는, 지금, 자기 자신을 질책하고 있다.

"다른 선생님에게는 말 안 했으면 좋겠어요."

"그럴 수는 없지."

지쿠모 선생님은 오른손으로 아이스팩을 받친 채, 왼손을 옆구리에 대었다. 나는 안도했다. 친절하면서도 단호한 지쿠모 선생님.

"이 등, 누가 이랬어?"

선생님은 굳이 '누가'라고 물었다. 어떻게 된 일이냐, 무슨 일이 있었던 것이냐, 가 아니라.

아키오는 입을 열지 않는다.

"가족이야?"

열지 않는다.

"아키오."

내가 이름을 부르자, 그의 손가락이 움찔했다.

긴 침묵 후, 체념한 듯이 그가 등을 굽혔다.

"가족이로구나."

지쿠모 선생님은 아이스팩을 바꿔 쥐고, 위치를 약간 옮겼다.

"무슨 일이 있었는지, 얘기할 수 있겠니?"

"내가, 집을 나가겠다고 했어요."

억, 하는 소리가 튀어나오는 것을 얼른 집어삼켰다. 어젯밤의 가출 탓이라고만 생각했다.

"고등학교에 진학하지 않고 일을 하겠다고 했어요. 숙식을 하면서 일할 수 있는 곳이나, 기숙사가 있는 회사를 찾아보겠다고. 가족에게 더는 폐를 끼치고 싶지 않아서. 혼자 살아가고 싶어서요."

증조할아버지 집에서 "이력서 본 적 있어?" 하고 물었던 기억이 났다.

우리는 아직 이력서에 손댈 나이가 아니다. '거기'까지는 아직 얼마간 시간의 유예가 있다.

일해서 돈을 벌어 자기 힘으로 살아간다는 것. 그게 현실적으로 얼마나 힘든 일인지, 모른다.

그래서, 다른 상상을 했다.

사는 장소와 입는 것, 먹는 것을 스스로 자기에게 주는 것. 매달리듯 간절하게 원하지 않고도, 자기 힘으로 살아갈 수 있다는 희망.

시원한 바람이 휘익 지나간 듯한 기분이 들었다. 집과 자기를 엮은 밧줄을 풀 때, 두려움과 함께 자유를 얻을 수 있다.

서점의 문구 매장에서 이력서를 집어 들 때마다, 아키오는 성별기입란이라는 문지기에게 퇴짜를 맞았는지도 모른다. 자립이라는, 미래를 향한 희망에게.

그런데도 길을 모색하려 했다. 무엇이 숨죽이고 있을지 모르는 캄캄한 어둠으로 손을 뻗으려 했다.

아키오의 용감함은 몇 번을 칭찬해도 모자란다.

"아빠는 화를 냈어요. …… 나는, 우리 부모님의 호의를 전부, 물거품으로 만들고 있습니다."

거 보라니까. 역시 아키오는 자기 잘못이라고 생각하고 있다.

이렇게 혼란에 빠져, 진실을 놓치고 만다.

기숙사나 숙식 제공이 얼마나 현실적인 일인지 모르겠지만, 아키오가 먹고 살 양식을 얻기 위한 방법을 쥐어짜야 하는 상황에 있다는 사실이, 나는 무서웠다.

"타이밍이 나빴는지도 몰라요."

아키오가 겨우, 얼굴에서 손을 떼었다.

"나도 아빠도, 밤새 거의 자지 못했으니까."

지쿠모 선생님이 고개를 젓는다.

"등이 이 꼴이 되었잖아. 어떤 이유도 가당치 않아."

"부탁할게요. 그냥 내버려 두세요. 내년에 내가 집을 나가면 해결되는 일이에요."

"그래서 해결될 일이 아니지."

"부탁드릴게요."

"아키오."

"저를 그냥 내버려 두세요."

아키오가 일어섰다. 동그란 의자가 우당탕 쓰러진다. 뛰어나가려는 아키오의 팔을, 순간적으로 잡았다.

"가오루코, 이거 놔."

두 팔로 몸을 껴안고 다리에 힘을 주었다. 씨름 연습을 하는 것처럼.

"놓으라고."

소리친다고 놔줄 줄 아나. 나는 어깡인 여자다.

"놔."

그러나 역시, 아키오의 몸은 남자였다.

"놓으라니까!"

아무리 내 다리가 굵어도, 그가 정색하고 나오면 힘으로는 감당할 수 없다.

그를 보건실로 끌고 올 수 있었던 것은, 그의 마음 어딘가에 '보건실에 가고 싶다'는 생각이 있었기 때문이다.

아키오가 뿌리쳐, 나는 바닥에 쓰러졌다. 폐가 뒤집힌 것처럼 숨을 쉴 수가 없었다.

역시 아프네.

하지만.

이 아픔과 아키오 등의 아픔은 성질이 다르다.

나의 상상은 미치지 못한다. 설령 아키오와 탯줄이 이어져 있다 해도, 그것으로 충분하다고 생각하고 싶지 않다. 그의 아픔을 안다고 말하고 싶지 않다.

아키오가 나를 내려다본다.

아아, 텅 빈 얼굴이다.

7

"비켜, 못나 가지고는."

엄마가 마침내 나를 못나다고 했다.

지금까지는 다리나 머리 등 구체적인 부분을 모욕하더니, '본격적'이라고 할 수 있는 말을 뱉었다. 엄마의 정신 상태가 몹시 위태롭다.

나는 눈썹을 다듬으려고 화장실 거울과 눈싸움을 하고 있었다. 눈썹은 참 빨리 자란다. 눈썹용 가위와 면도기는 동네 약국에서 샀다.

"비키라잖아!"

세면대 앞에서 몸을 약간 옆으로 비켰는데, 모자란

모양이다. 눈앞에서 꺼지라는 의미였던 것 같다. 얼른 거실로 갔다.

멋을 안 부린다고 핀잔만 주던 주제에, 내가 정작 눈썹을 손질하기 시작하자 그것도 마음에 안 드는 듯하다. 표정이 그때의 아빠와 비슷하다.

아키오와 내가 아침에 돌아왔던 날. "아무 일 없었지?"라고 물었던 아빠 표정. 게다가 엄마 얼굴에서는 혐오감 같은 것도 엿보였다. 엄마는 나와 같은 여자인 만큼, 아빠와는 다르게 심경이 복잡한 듯하다. 그 복잡함은 아직 언어로 표현되지 않는다. 그저 부옇게 내 앞에 막을 치고 있다.

내가 짧은 치마를 입거나 화장을 하면 어떻게 될까. 세상의 모든 여자아이들은 엄마와 자기 사이에 있는 그 막을 찢어 내고 멋의 길로 내딛는 것일까. 대단하다.

아빠가 출근하려는 참에, 나를 안쓰럽다는 듯이 보았다. 도시락 가방은 들고 있지 않았다.

이제 안 싸도 된다고 했기 때문이다.

엄마가 부부의 마지막 가교로 여기고 있던 것을, 아

빠는 다리 건너편에서 끊어 버렸다.

"다녀올게."

아빠가 현관을 나선다. 나도 뒤따랐다. 등교 시간까지는 아직 여유가 있지만, 엄마의 짜증을 상대하고 싶지 않았다.

아직 심장이 쿵쿵 뛴다.

못나 가지고는. 굉장한 울림이다. 고막에 길쭉한 바늘이 꽂힌 것 같다. 내가 미인이 아니라는 것은 알고 있지만, 그래도 힘들다.

"미안하다."

아빠가 또 절묘한 타이밍에 내 신경을 건드린다.

나는 무시했다. 아빠는 풀이 죽었으면서도 내 걸음에 보조를 맞춘다. 분위기 파악 좀 하라고.

아무 말 않고 걷자니 어색하다.

"왜 그런 말을 했어?"

내가 말을 걸자, 아빠는 환한 얼굴로 반색했다.

"조금이라도 부담을 덜어 주려고 그랬지."

"부담?"

"매일 아침 도시락 싸는 거, 힘들잖아."

어이가 없었다.

이 사람 혹시, 친절을 베풀려 도시락 폐지 선언을 한 것일까.

그렇다면, 고양이가 집사에게 죽은 개구리를 선물하는 것만큼이나 축하할 일이다. 이렇게 눈치가 없는데, 어떻게 대기업에서 나름의 자리를 차지하고 있는 것일까.

"엄마가 많이 피곤하잖아."

그건 아빠의 친절.

아빠는 금연을 포기했다. 담배를 피우는 사람으로 돌아갔다. 아빠 허리춤에 다이너마이트가 없다는 걸 벌써부터 알았을 텐데, 엄마는 포기를 비난했다. 금연에도 비협조적이었으면서 그게 말이 돼? 하고 나는 생각하지만, 엄마는 뜻을 관철하지 못한 아빠를 용서할 수 없는 듯하다.

엄마에게는 인생 자체가 금욕이고 인내다.

아빠는 그걸 '피곤'이라고 한다.

이 어긋남, 조율될 수 있는 것일까.

구름의 위치를 바꾸려는 무모함만큼이나 터무니없게 여겨졌다. 눈앞이 캄캄해져, 걸음을 멈췄다.

"아빠는, 엄마가 머리 자른 거 알았어?"

"어?"

"엄마가 만든 반찬을 맛있다고 한 적 있어? 새 옷 입으면 예쁘다고 한 적 있어? 아이섀도 색깔이 달라진 거, 알아차린 적 있어?"

이 사람은, 알았을 것이다.

그런 것까지 일일이 어떻게 말해, 하고 나도 생각한다. 좀 더 꼼꼼해지라는 얘기가 아니다.

엄마의 외로움을 조금 더 따뜻하게 헤아리면 좋겠다는 얘기다. 엄마의 마음속 깊은 곳에 있는 차가운 세계는 사소한 일로밖에 표출되지 않는다. 일부러 수박을 먹어 남편의 얼굴을 찡그리게 하고, 딸에게 욕을 한 다음 부끄러운 줄 모르고 자기혐오에 빠진 표정을 보이는 정도의 사소한 일. 우리는 거의 다 무시하고 말지만, 그냥 내버려 두면 엄마 머리가 이상해진다.

도시락을 싸는 것은 엄마의 긍지였다.

아무리 바쁘고 아무리 피곤해도, 색감과 맛의 균형을 고려해서 도시락을 싸는 것은 엄마의 긍지였다.

아빠는 그런 도시락을 몇 번이나 버렸다.

그러다 못해 급기야는 싸지 않아도 된다고 말했다.

같이 살고 있으면서, 나보다 오래 알고 지냈으면서, 왜 그 의미를 모르는 것일까.

실은 나, 외할아버지와 외할머니는 한 번도 만난 적이 없다.

아빠는 신이 나서 친가로 돌아갈 수 있지만, 엄마는 무슨 일이 있어도 도쿄의 네리마 구에 있을 수밖에 없다.

나는 그 외로움을 모른다. 친정에 돌아갈 수 없다는 것이 어떤 의미인지 모른다.

그래도 엄마 마음속에 바위 성 같은 것이 있다는 정도는 안다. 아주 차가운 대리석으로 지은 아름다운 성이.

"아빠가 잘못했네."

잘생긴 얼굴이 흐려진다. 내가 왜 화를 내는지 이해하지 못하는 것이리라. 이 사람은 딸의 미움을 사고 싶지 않아 사과한다.

아, 속이 울렁거린다.

아빠만 비난할 수는 없다. 엄마는 성가시다. 사랑스럽지 않다. 아빠의 손목시계 컬렉션에도 '그게 다 뭐라고' 하는 식으로 불만스러운 표정이나 짓고, 식탁에서도 아빠가 어떤 화제를 꺼내든 무시한다(나도 텔레비전을 보면서 말없이 먹는 편이지만). 이 불편한 느낌을 말로 해 봐야 허접한 울림밖에 남지 않으니, 정말 싫다. 엄마의 과거에 어떤 일이 있었는지 모르지만, 이렇게 오래 차가운 성채에 갇혀 있는 것은 좀 아니지 않나 싶다.

"맞아."

지금 여기에는 아빠밖에 없어서 그렇게 대꾸했다.

아빠는 상처받은 표정을 지었다. 진짜 싫다.

"나, 지쳤어."

말로 하고 났더니, 정말 지친다.

"전철 놓치겠네. 아빠 먼저 가."

아빠는 폼 나는 손목시계를 힐금 보면서 시간을 확인했다.

나는 은근히 기대했다. “우리 카페에 갈까?” 하고 말해 주기를. 조금 더 얘기를 하자고 해 주기를.

아빠가 그런 반칙을 범해 주기를.

나는 개근상이 걸려 있고, 아빠는 회사에서 자기 직책이 있으니 절대 그럴 수 없다.

어떤 명예도, 업무도, 지금 우리가 껴안고 있는 문제보다 중요하지 않은데.

왜 우리는 거역하지 못하는 것일까.

“아빠, 잘 다녀와.”

아빠 옆을 스치고 지나갔다. 고작 이런 일 하나에도 갈비뼈가 삐걱거리는데, 과연 언제나 탯줄을 끊어 낼 수 있을까.

등 뒤에 핸섬한 회사원이 멀뚱하게 서 있다.

나는 돌아보지 않고 쑥쑥 걸어간다.

*

10월에 체육대회가 있다.

체육대회 당일까지, 체육 수업과 아침 운동(일주일에 두 번, 학급 회의 전에 운동해야 하는 날이 있다. 너무 싫다)과 방과 후 동아리 활동 전의 1시간이 체육대회 연습에 할애되었다.

오늘은 학급 회의에서 각종 담당이 결정되었다.

우선은 응원단. 일단은 후보 추천이 있지만, 사전에 선배의 스카우트가 있었기 때문에 형식일 뿐이다. 반에서 가장 화려한 아이들이 남녀 세 명씩 손을 들었다.

그다음은 개인 종목.

허들, 100미터, 800미터는 재미가 전혀 없는 종목이다. 의욕을 보이는 아이가 거의 없다. 다들 개인경기는 알아서들 하라는 식이고, 경기 시간이 짧은 단거리에만 앞다투어 나섰다.

나는 가위바위보를 하는 것도 옥신각신하기도 싫어서, 아무도 손을 들지 않은 800미터에 지원했다.

개인 종목은 시간을 질질 끌다 겨우 다 결정되었다. 그다음은 단체 줄넘기(싫다. 걸리면 범인을 색출하기 때문이다),

30인 31각(더 싫다. 마찬가지 이유로) 등 단체경기의 연습 일정을 짰다.

이제 반 대항 이어달리기의 순서만 남았다.

남녀 각각이다. 책상을 교실 뒤로 밀어 놓고 따로 둥글게 모여 앉아 의견을 나눴다.

육상부의 총알 콤비를 첫 주자와 마지막 주자로 한다는 것은 결정되었는데, 그다음이 오래 걸렸다.

'빠른 아이와 느린 아이를 순서대로' 할 것인지 '첫 주자와 마지막 주자 양쪽에서 느린 아이를 배치'할 것인지 의견이 갈렸다. 다들 개인 종목은 기피했으면서, 반 대항 이어달리기에는 진지하게 임하고 있다. 우리는 학교에 오면 개인보다 '반'이라는 생물이 되는구나, 하고 조금은 흥미로웠다.

각자가 진지하게 생각하고 있는 만큼, 논의는 평행선을 달렸다.

"연습하면서 순서를 정하면 어떻겠어?"

"연습 시간도 별로 없는데 순서가 계속 바뀌면 곤란하지. 전략을 세울 수 없잖아."

"그럼 육상부가 정해."

"그렇게 떠넘기면 어떡해."

점차 분위기가 무거워졌다. 모두 심각한 표정을 짓고는 입을 다문다.

그때, 한 여자아이가 입을 열었다. 응원단으로 결정된, 토실토실 귀엽고 화사한 아이다.

"귀여운 순으로 하면 되잖아."

모두가 까르르르 웃었다.

"그거 좋은데!"

물론 농담이다. 그녀는 무거워진 분위기를 움직이려 한 것이다. 나도 웃었지만, 남몰래 전율했다.

다들 이 틈에 기분 전환이라도 하자는 듯이 웅성거렸다.

"첫 주자를 누구로 하지?"

"곤도 가오루코!"

몇 명이 동시에 대답했다.

나는 일그러진 웃음 외에는 어떤 반응도 보일 수 없었다.

동시에 대답이 나와 더욱 유쾌했던 것이리라. 몇몇 아이들이 큰 소리로 웃어 댔다.

'동시'에 그런 대답이 나왔다는 것은 다들 생각이 비슷하다는 뜻이다. 내가 없는 곳에서, 그런 얘기를 한다는 뜻이다.

내 눈썹이 예뻐져서 웃긴다는 뜻이다.

이런 때 '귀엽다'고 하는 것은 못났다는 말보다 잔인하다.

내 친구인 '절반 눈썹'도 같이 웃고 있다.

"그럼 나는 몇 번째?"

응원단 아이가 이마 한가운데를 톡톡 치면서 고개를 갸웃거렸다.

"너는 마지막 주자지."

다른 아이 하나가 장난을 치듯 몸을 들이댔다.

"정말 너무하네. 응원단 사퇴할래. 나 같은 못난이가 사람들 앞에 어떻게 나서."

웃는 소리. 엄청나게 재미있어하는 소리. 무거운 분위기는 어딘가로 가 버렸다.

나는 사라지고 싶어진다. 투명인간이 되고 싶다. 머리를 기르자. 얼굴을 전부 가릴 정도로.

눈썹 손질을 하지 않아 이런저런 소리를 들을 때는 별 상처가 되지 않았는데, 손질한 자신을 조롱하니 이렇게나 괴롭다.

지옥 같은 미녀 순위 매기기가 한참이나 계속되었다. 웃음이 잦아들자, 육상 권위자가 한마디 던졌다.

"역시 시간이 V 자를 그리는 식으로 순서를 정하는 게 좋지 않겠어."

뒤이어, 마지막 주자도 한마디.

"좀 늦으면 내가 따라잡을게."

바로 결론이 났다.

나는 다섯 번째 주자가 되었다. 물론 체육 시험의 기록에 따른 순이지 귀여운 순이 아니다.

내 눈은 아키오를 찾고 있었다.

아키오가 옆에 있었다면, 이렇게까지 비참하지 않았을 텐데. 아키오 앞에서는 온전히 나이고 싶다는 기개가 자신감을 붙잡아 주었을 텐데.

아키오는 '남녀 따로'라고 한 시점에 이미 뒤틀렸을지도 모른다. 순서는 안중에도 없었을지도 모른다.

아니면, 내가 '미녀'라고 놀림당하는 소리를 듣고는 달려와, "네가 제일 예뻐"라고 해서 응원단 아이의 입을 다물게 했을지도 모른다.

그러나 그 모습은 어디에도 없다.

*

보건실 지쿠모 선생님은 학생들의 건강에 대해 열심히 공부한다.

선생님에게 '열심히 공부한다'고 하다니 건방진 소리일지도 모르지만, 스즈키 체육 선생님의 몰지각함을 생각하면 그렇게 말하고 싶어진다.

아키오가 커밍아웃을 했을 때도, 지쿠모 선생님이 수업을 해 주었으면 좋지 않았을까. 그런 점, 선생님들 사이의 역할 분담을 잘 모르겠다.

지쿠모 선생님은 개인적으로도 다양한 활동을 하고

있다. 아동보호소를 운영하는 단체에도 관계하고 있다. 집에 있을 수 없는 아이들을 보호하는 장소다.

지금 아키오는, 거기에 있다.

은신사라는 이름 그대로, 절에서 운영하는 곳인 듯하다.

아키오의 부모님과 선생님들이 어떤 결론을 내렸는지는 모르지만, 그는 일시적으로 집을 떠나게 되었다. 그러나 길어야 한 달 정도인 것 같다. 할 수 있는 것은 사태를 진정시키는 선일지도 모른다.

하지만, 도움을 청하면 방법이 없는 것은 아니다.

'여기 있겠다'라고 발언할 수 있으면, 무언가가 변한다. 우리는 모르는 시스템이 가까이에 구축되어 있다. 몸을 웅크리고 귀를 막고 있으면 절대 알 수 없는 시스템이.

"전에 근무했던 학교의 학생 중에."

선생님이 책상 서랍에서 봉투를 꺼냈다. 회색 낡은 의자에서 삐그덕, 소리가 났다.

"가정 폭력에 시달리는 아이가 있었어. 그 아이는 계

속 아무 말 않고 참고만 있었지. 중상을 입어 거의 죽을 지경이 되어서 입원할 때까지, 주변에서 뭘 어떻게 할 수가 없었어. 다들 '뭔가 좀 이상하다'라고 느끼고는 있었지만……."

방과 후의 보건실에는 나와 지쿠모 선생님밖에 없었다.

"뼈 하나쯤 부러져야 도움을 받을 수 있는 거군요."

내 목소리가 허망하게 늘어졌다.

지쿠모 선생님은, 마치 자기가 누군가에게 상처를 준 것처럼 눈썹을 찡그렸다.

"가오루코. 아키오가 난데없이 빡빡머리가 된 것도."

아키오의 명예를 위해 잠자코 있었다. 선생님은 말 안 해도 알겠다는 듯이 "그렇지" 하며 고개를 끄덕거렸다.

"그 시점에 얘기를 들어 봤어야 했는데."

"선생님이 다그쳐 물어도, 아키오는 대답하지 않았을 거예요."

"그래도 부당한 폭력을 당하고 있는데, 그걸 신고제

로 한 건 잘못이야.”

“부당한 폭력.”

나는 후우, 숨을 내쉬었다. 언젠가 이 표현도 사용해 보리라.

활짝 열린 창문으로, 달달한 가을바람과 동아리 활동을 하는 함성이 들려온다.

하얀 커튼 그림자가 어린 책상 위에서, 봉투가 빛났다. 보호소의 소재지는 비공개니까, 외부와의 연락에도 제한이 있을 것이다. 지쿠모 선생님을 통해 내게로 온 봉투. 앞에 ‘곤도 가오루코’라고만 쓰여 있다. 편지지가 몇 장은 들었는지, 두툼하다.

“가오루코.”

지쿠모 선생님이 펄럭거리는 커튼을 누르면서 미소 지었다.

“아키오를 여기로 데리고 온 거, 정말 잘했어. 고마워.”

귓속에서 무언가가 끊어지는 것처럼, 툭 하는 소리가 났다. 무릎이 떨려 왔다. 무슨 일이 생긴 건지 몰랐다. 입이 굳어 버리고, 어깨가 경련한다.

눈물이 줄줄 넘쳐흘렀다. 손에 든 봉투를 적시고 싶지 않아, 팔뚝으로 눈을 눌렀다. 우는 남자 꼴이 되고 말았다.

"아, 아키오는."

"그래."

"왜, 아키오만, 왜."

선생님이 일어나, 내 등을 쓰다듬는다. 선생님의 손은 무척 따스했다. 마치 튜브처럼, 내가 눈물바다에서 허우적대는 것을 막아 주었다.

증조할아버지 집에서 아키오가 울었을 때, 나는 그를 건드리지 않았다. 물론 잘못된 행동은 아니었지만, 앞으로 누가 울 때는 한 번은 그 몸을 건드릴 수 있는 용기를 갖자.

"아키오 혼자 싸우는 게 아니잖아요."

선생님이 화장지를 건네준다. 나는 코를 푼다.

"가오루코."

선생님은 장난스럽게 웃고는, 콧물에 젖은 내 손을

닦아 주었다.

"넌, 어른보다, 그 누구보다 엄청난 일을 했어."

화장지가 콧물로 푹 젖었는데, 선생님은 꼭 쥐고 있었다. 대단하다고 생각했다.

"선생님."

"응?"

"선생님은 왜 우리의 힘이 되어 주는 거예요?"

선생님이니까 당연하다는 생각은 들지 않았다.

우리는 선생님들이 가혹한 업무에 시달린다는 것도 안다.

그런 시각이 '아이답지 않다'는 것도 안다.

우리는 '아이'라는 역할을 충분히 해낼 수 있을 만큼은 대본을 훤히 꿰뚫고 있다. 대본을 읽는 배우는, 캐릭터도 분석한다.

선생님들은 일을 하러 학교에 온다. 받는 월급 이상으로 과도하게 일한다.

그런 데다 지쿠모 선생님은 학생들 사정까지 헤아린다.

이상했다. 혹은, 내 마음이 이미 괴사했기 때문에 이상하다고 생각하는 것일까.

그러고 보니, 아빠와 엄마가 밤새 나를 찾아 준 것도 당연하게 생각되지 않았다.

왜 그럴까. 소중하게 보살핌을 받기 위해서는 가치나 노력과 수행 같은 것이 필요하다고 생각하는 것일까. 나는 조금도 노력하고 있지 않으니, 아무도 소중하게 여길 리 없다고. 그런데 갑자기 힘이 되어 주고, 사방팔방 찾아다니는 사람이 나타나서 깜짝 놀랐는지도 모른다.

우리는 어른들에게 지켜지고 있는 것일까?

"아키오가 세일러복 입고 학교에 온 걸 봤을 때."

지쿠모 선생님이 뭔가 떠올랐는지 키득 웃었다.

"선생님, 와우! 하고 외쳤어. 외국영화에 나오는 사람처럼 몸을 뒤로 젖히고 말이야. 내가 그런 반응을 보였다는 게 놀라웠어. 정말 놀랐을 때는, 자기도 모르는 자기가 튀어나오나 봐. 그래서 지금까지 살면서, 정말 놀란 일은 별로 없었나 보다고 생각했어. 그러니까 아키오는 그 모습과 행동으로 나의 새로운 부분을 끌어내 준 셈이야. 선생님 안에 오버액션을 하는 내가 있다는 걸 말이야. 선생님은 나의 '와우!'를 발견해서 기뻤어. 너도 나중에 일을 하게 되면 알겠지만, 오래도록 같은 일을 하다 보면 타성이 붙거든. 매일 똑같은 일상의 반복이니까. 그 타성을 뚫고 새로운 자신을 본다는 건, 정말 기쁜 일이야. 이건 허풍이 아니라, 정말 무언가에 눈을 뜬 것 같은 기분이야. 대단한 일이지."

이유는 되지 않지만, 무슨 말이 하고 싶은지는 알았다. '왜 힘이 되어 주는지, 그런 건 신경 쓸 필요 없다'는 것. 내 귀에 '왜 신경 쓸 필요가 없는데요?' 하는 질문이 맴돌았지만, 체인이 벗겨진 자전거처럼 앞으로 나아갈 수 없을 것 같아, 질문을 피했다.

선생님이 입을 실룩거렸다.

"그러니까 있지, 선생님이랑 너희는 서로 윈윈 하는 관계야."

영웅주의의 웃음. 강요하는 것은 아니어서, 싫지는 않았다. 그러나 선생님 얼굴은 이내 어두워졌다.

“네 덕분에 아키오의 상황을 알게 되었어. 네가 보건실로 데리고 와 준 덕분에. 그러니까 그다음은 선생님 차례지. 아키오에게 힘이 되어 줄게. 누군가에게 폭력을 휘두를 권리는, 누구에게도 없으니까.”

내 안에서 무언가가 불끈 싹텄다.

선생님이 폭력에 분노를 느끼는 것은 마음 든든한 일이었지만, 홀로 남겨진 듯한 불안감도 있었다.

선생님은 조금 전에 우리가 ‘윈윈’ 하는 관계라고 했으면서, 책임은 어른에게만 있는 것처럼 말했기 때문이다.

“폭력을 휘두를 권리는, 누구에게도 없다.”

나는 선생님의 말을 따라 했다. 선생님이 고개를 끄덕이기 전에 제지한다.

“우리가 그 권리를 주지 않는 한.”

선생님 표정이 싹 가셨을 거라고 생각한다.

“우리가 그 권리를 허용하는 때가 있어요.”

선생님은 정체 모를 것을 본 것처럼 몸을 뒤로 뺐다. 미지와 조우했을 때 보이는 본능적인 혐오는 방어의

한 측면이다. 비난받을 일이 아니다.

내 눈에서 눈물이 사라졌다.

생각해야 할 일이, 있다.

배가 따끈따끈하다.

"그렇게 당하는 게, 당연하게 여겨질 때가 있어요."

아아, 그렇구나. 나는 누군가의 폭력에 상처 입는 것을 아주 '당연'하게 생각하나 보네. 누군가가 지켜 주는 것보다.

"가오루코."

선생님이 눈을 부릅떴다. 나는 고개를 저었다.

"내가 부모님에게 맞고 있다는 말은 아니에요. 하지만."

목숨이 사그라지고 있다. 하루하루 세포가 짓뭉개지고 있다.

그렇게 된 데에는 내 책임도 있다.

책임은 '질책'이 아니다. 내가, 내가 아닌 것에 우롱당할 이유는 없다고 자신감을 갖는 일이다. 자신을 지키기 위한 방패다.

"우리 스스로가, 누군가에게 폭력의 권리를 줄 때가 있어요."

그야말로 우리가 '부당한 폭력'을 거부할 수 없는 이유다.

'폭력의 권리'를 부여하는 것은 죄의식이다.

예를 들면 나는, '무력'이라는 죄를 짊어지고 있다.

엄마 아빠 사이를 회복시키는 일조차 못 하고 있다.

내가 다리 역할을 잘했더라면, 엄마가 도시락에 집착하지 않았을 것이다. 내가 두 사람 마음에 드는 딸이었다면, 부부 싸움 따위는 잊었을 것이다.

말도 안 되는 논리다. 억지로 죄를 만들고 있다.

어쩔 수 없다. 그 집에서 생활하는 한, 나도 그 전쟁에 어떤 형태로든 관계하게 된다. 체육대회의 반 대항 이어달리기에는 모두가 무관심할 수 없었던 것처럼, 집단에 속해 있는 한 아무리 귀를 막아도 무관하게 지낼 수 없다.

나는 나도 모르게, 집 안을 채운 전쟁에 '죄'라는 형태로 가담하고 있었다.

죄는 혼자서 짊어지고 있어 봐야 아무 소용없다. 벌이 있어야 비로소 처리된다. 그것은 집단 참가의 증거이기도 하다. 나는 '곤도 가오루코를 벌할 권리'를 집안 공기에 방출한다. 폭력이라는 생물이, 그걸 사용해 주기를 기다린다.

그렇구나, 내가 좀 착각을 하고 있었네. 우리는 누군가에게 폭력의 권리를 주는 것이 아니다. 바르게는 '벌할 권리'를 주는 것이다. 폭력에 우리를 '벌할 권리'를 부여함으로써, 집단에 참가하려 한 것이다.

아키오는 과연 어떤가.

그는 아마도, 온전히 자기라는 죄.

'온전히 자기'가 옳은 말이라고는 생각지 않는다.

그가, 그렇게 생각하고 있다. 자기 멋대로 굴고 있다고. 더 심하게 말하면 욕심이 많다고. 남자와 여자, 둘 다이고 싶으니.

아키오가 계속 남자로 남아 있었다면, 아키오 집안은 평화로웠을지도 모른다. 그런데 자기의 진실을 살려고 하자 아빠는 혼란에 빠졌다. 온 집안이 엉망진창이 되었다.

아키오가 정직해지면 정직해질수록, 주위 사람들은 상처를 입는다.

"선생님. 우리는 안전하게 살아도 되는 걸까요?"

선생님의 동그란 얼굴이 정지된다. '무모한 질문'은 학생이 해서는 안 되는 첫 번째 조항이다. 잊고 있었다.

나는 선생님을 통해 나의 물음을 재고하려고 했다. '벌할 권리'의 방출을 멈추려면, 우선 '죄'에서 벗어나야 하니까.

그러나 벗어나려 하는 순간, 공포가 생긴다.

혼자가 될지도 모른다는 공포가.

우리는 '죄'를 집단에 참가하는 티켓으로 삼아 왔으니까. 그걸 당연시하며 살아왔으니까.

'죄'에서 벗어난 후에도 우리, 여기 있어도 되는 것일까?

"우리가 도움을 청해도 되는 걸까요. 우리는, 자기 생명을 가장 우선시해도 되는 걸까요?"

선생님 눈에 당혹감이 어렸다. 정말 정직한 사람이

다. 고개를 끄덕이지 못하는 것은, 내 질문을 현실적인 문제로 생각하기 때문이다.

선생님은 나를 의자에 앉히고, 자기는 옆에 있는 동그란 의자를 끌어와 앉았다.

“그럼.”

두 손을 무릎 위에 가지런히 놓는다. 나는 그 동작을 눈으로 더듬었다.

“그 무엇보다?”

“그래.”

“학교 공부보다 중요한가요?”

“그렇지.”

“학교에 있기가 괴로우면 도망쳐도 되나요? 집이 싫으면 가출해도 되나요? 그 때문에 고등학교에 갈 수 없어도? 돌아갈 장소를 잃어도요? 무슨 일이 있어도 살아가면, 그 끝에 틀림없이 행복이 기다리고 있는 건가요?”

선생님의 얼굴이 굳어 갔다. 내가 좀 심술궂었는지도 모르겠다.

단언하려면, 용기가 필요하다.

내가 선생님의 수긍을 담보로 학교에서 밀려나거나, 집으로 돌아가지 않는다면……, 선생님은 그런 생각을 하고 있을 것이다.

참 성실하네. 지쿠모 선생님은 믿을 수 있다.

그렇게 생각하는 것 자체가 비정상이라는 걸, 이때의 나는 모르고 있었다. 평소 같으면, '웃기고 있네' 하고 생각했을 테니까. 내가 당신의 친절한 말을, 힘찬 끄덕임을 이용하는 일은 없을 거라고.

이때 내 몸은 이미 한계에 달해 있었다.

"아키오는, 지금 거기에 머무를 수 있는 기한이 다 지나면 어떻게 되나요? 다시 집으로 돌아가나요?"

"기한이 끝나기 전에 보호소 쪽과 의논하게 될 거야. 본인의 희망과 가족의 의견을 들어 봐서, 최선의 선택을 하겠지. 다른 시설로 옮길 수도 있고, 집으로 돌아갈 수도 있고."

"아키오 아빠가, 겨우 한 달 사이에 뭐가 바뀌겠어요."

솔직한 지쿠모 선생님은 대답하지 못한다.

"전, 폭력의 뿌리가 흙 속 아주 깊은 데까지 뻗었을 거라고 생각해요."

몸속의 기압이 달라진 것일까. 귀가 먹먹하다. 온몸이 점토가 된 것처럼.

지쿠모 선생님의 표정에 경계심이 어린 것도, 안개 속에서 보는 것만 같았다.

눈알이 움직이지 않는다. 입만 다른 생물 같다.

"폭력의 뿌리 같은 것이 뻗어 있어요. 교정 청소를 할 때 잡초를 뽑아도 그렇잖아요. 뿌리까지 뽑지 않으면 잡초는 다시 자라요. 오래 자란 잡초일수록 뽑기 힘들고요. 그런 뿌리일수록 흙과 깊게 뒤엉켜 있죠. 뽑으면 토대가 무너져 버려요. 폭력은 우리가 사는 흙의 구성 요소예요. 제거하려고 하면 생활이 망가져요. 산소와 마찬가지로 있는 것은 있어요. 아키오의 일에 대해서도 그래요. '해결'이란 게 뭘까요. 아키오 아빠의 사죄를 원하는 게 아니잖아요. 서로 부둥켜안고 화해를 하는 것도 마찬가지죠."

목에서 끄윽, 소리가 났다. 말투가 변한다. 마치 이런저런 '나'가 돌아가면서 밖으로 튀어나오는 것처럼.

"폭력은 사라지지 않아요! 이 세상이 폭력을 만들고 있다고요! 폭력이 사라지면 우리도 사라져요!"

소리치는 나를, 내 안의 내가 가만히 보고 있다. 이마에 땀이 솟는다.

누가 때리는 것도, 누구에게 맞는 것도, 상처를 입는 것도 싫다.

정말, 정말 싫어서 견딜 수가 없다. 앞으로도 계속 이런 일을 봐야 하나, 하고 생각하면 뼈가 녹아 버릴 것 같다. 캄캄한 길을 걸어가야 한다는 건 아는데, 살아갈 자신이 없다.

"선생님, 나는 왜 이렇게, 힘이 없는 걸까요?"

선생님에게 달려들어 굵은 팔을 잡고 흔들어 댔다.

아키오의 편지가 구깃구깃해진다.

"나는 어떻게 하면 좋죠?"

가르쳐 주세요. 가르쳐 주세요. 입이 망가졌다.

가르쳐 주세요 가르쳐 주세요 가르쳐 주세요.

"가오루코."

지쿠모 선생님이 내 팔을 잡고 나를 천천히 의자에 앉혔다.

숨이 잘 쉬어지지 않아, 몇 번이나 컥컥거렸다. 몸을 비틀며 발을 바동거렸다. 선생님을 깨물었는지도 모르겠다. 배 속에서 불길이 치솟는 것 같다.

"가르쳐 주세요."

지쿠모 선생님은 나를 꼭 껴안고, 등을 쓰다듬었다.

"가오루코는 사람을 다 좋아하나 보네."

온화한 목소리에 화가 치밀었다.

"시끄럿!"

벌떡 일어나려 했는데, 선생님이 짓누른다.

"말이 되는 소리를 하라고! 알아, 다 안다고! 왜 이렇게 생각하는지!"

왁왁 악을 썼다. 나를 억누를 수 없었다. 와, 미쳤네. 내 안의 내가 나를 남처럼 보고 있었다.

나는 내 힘으로 무언가를 바꿀 수 있다고 생각한 것일까.

그러고는 우쭐해 있는데, 실제로는 아무것도 내 뜻대로 안 되니까 답답하고 화가 나는 것일까. 자기평가에 실력이 따라오지 않아 그저 짜증을 부리는 것일까.

"가오루코."

지쿠모 선생님은 굵은 팔에 힘을 주고 나를 꽉 껴안았다.

"아키오가 그랬어."

등을 툭툭 친다. 교복이 땀에 젖어 몸에 들러붙었다.

"가오루코는 슈퍼걸이라고."

그 말이 소화기가 불을 끄듯 내 움직임을 잠재웠다.

나는 박제처럼 정지해 있었다. 지쿠모 선생님은 내 호흡이 천천히 잦아드는 걸 확인한 다음 어깨에 손을 얹었다. 그리고 윗몸을 젖혀 의자 등받이에 기댔다가 일어났다. 냉장고에서 차를 꺼내 컵에 따라서 내민다.

오른손으로 받아 들었다. 왼손에 쥔 봉투는 눈물과 땀에 젖어 쭈글쭈글했다.

"천천히 마셔."

보리차인가 했는데, 달콤한 아이스티였다.

"가오루코, 네가 좀 잘못 생각하고 있는 것 같아."

마치 가느다란 뱀이 헤엄쳐 나아가는 것처럼, 달콤함이 목을 지나간다. 시원함이 몸속으로 떨어진다.

"너는 힘이 없다고 하지만, 아키오는 네 덕분에 살았다고 하는걸."

너무 깊이 생각하지 마라, 자책하면 안 된다, 내일도 보건실에 와라. 지쿠모 선생님은 그렇게 말했지만, 물속에서 듣는 것처럼 소리가 가물거렸다.

그래도 시원한 음료가 내 안의 수치심을 조금씩 되살려 주었다. 지쿠모 선생님의 얼굴을 볼 수 없었다. 아아, 내가 돌아왔다.

"갈게요."

휘청 일어나, 컵을 선생님에게 건넸다.

"침대에 좀 누웠다 가."

"괜찮아요."

나는 치맛자락을 털면서 일어나 바닥에 놓아둔 가방을 들었다.

"소리치고 나니까, 후련해졌어요."

거짓말을 했다.

돌아가는 길에 육교에서 몸을 던지자고 생각하고 있었다.

8

곤도 가오루코에게

안녕하세요!

슬슬 가을바람이 불어오는 계절인데, 잘 지내고 있나요?

어때? 좀 어른스러운가? 편지를 정중하게 쓰려면 이렇게 첫머리에 계절에 관한 인사말을 써야 한대. 느닷없이 '잘 지내니?'라고 쓰면 안 된다네. 그래도 쓰려고.

가오루코, 잘 지내니?

나는 잘 지내.

처음 쓰는 편지인 것 같다. 너에 대해서 얘기했더니 사모님이 편지지와 봉투를 가져다주셨어.

나, 글씨에 좀 버릇이 있는 것 같아. 몰랐는데, 편지 쓰면서 알았어. 공부하는 노트에 쓰는 글자와 편지에 쓰는 글자가 달라 보여. 편지 쪽이 좀 신경 쓰인다. 이 편지 다 쓰고 나면 주지 스님에게 부탁해서 습자 연습을 해 보려고 해.

편지라는 거, 그냥 생각나는 대로 쓰는 거니까, 얘기가 좀 오락가락할지도 모르겠어. 초벌을 따로 쓰는 것도 아니고.

미안해. 읽기 힘들지도 모르겠다.

우선은, 너에게 사과를 해야겠지.

내가 너에게 거칠게 굴었잖아. 보건실에서 밀쳐서, 너 바닥에 나동그라졌지.

정말 미안하다.

이런 말 쓰기 싫지만, 그때 나는 널 훼방꾼이라고 생각했어.

난, 부모님에게 맞고 산다는 사실을 어떻게든 숨기고 싶었어. 그런데 그 비밀을 밝히려는 네가 나에게는 끔찍한 훼방꾼이었던 거지.

알고 보니, 너를 힘껏 밀쳐 버렸더라.

나 편한 대로 상상하는 건지도 모르지만, 너는 아마 '그런 거 신경 쓰지 마'라고 하겠지. 한 대 친 것도 아닌데 거기까지 생각지 말라고 말이야. 엉겁결에 너를 때리기라도 했다면, 나 아마 그 자리에서 바로 창밖으로 뛰어내렸을 거야. 보건실이 1층이라 죽지는 않으려나. 그럼, 옥상까지 뛰어올라 가서 뛰어내렸을 거야.

자기 목적을 방해한다고 해서 힘으로 배제하거나, 자기 뜻에 맞게 굴복시키려 하는 거, 명실상부한 폭력이지. 불합리하고, 불공평하고, 좋아하는 사람에게 할 짓이 아니야.

잘 아는데, 내가 너에게 그렇게 하고 말았어.

'난 필사적이었다'라는 건 절대 이유가 못 되지. 아

빠를 보면 알 수 있어. 사람은 자기 의사로 폭력을 사용할 수 있어. 그러니까 나도 그때 폭력을 선택했던 거야.

내 마음이 어떻든 몸은 남자인 거지. 근육양이나 골격이, 여자인 너보다 파워가 나오게끔 생긴 거야. 그렇게 쉽게 너를 밀쳐 낼 수 있다니, 나도 놀랐어. 하지만 나는 사실 알고 있었던 거야. 힘으로 너를 이길 수 있다는 걸.

오랜 교육의 결과로 내 몸속에 폭력이 배어 있다고 생각하니까, 역시 이 몸을 완전히 제거하는 게 가장 좋겠다는 기분이 들더라.

한편으로 죽는 건 최후의 수단인가 싶기도 하고.

마지막 해결법이 있다고 생각하니까, 다른 방법도 시도해 볼 용기가 생기는 것 같아. 아, 죽는 방법 말고 살기 위한 방법.

그야 물론 죽으면 폭력의 연쇄도 끝나겠지만, 나는 가오루코 너랑 조금 더 얘기를 하고 싶으니까.

이 육교에서는 벚나무 가로수 길이 잘 보인다. 해마다 봄이면, 도로 양옆에 분홍색 구름이 내려앉은 것만 같다. 지금은 얇은 코트를 입은 것처럼 물들어 있다.

나는 육교 난간에 윗몸을 딱 붙이고, 편지를 읽었다.

가방은 발치에 놓여 있다. 난간을 기어오르기 쉽게, 운동화와 양말은 벗어서 옆에 가지런히 놓았다.

학교에서 나온 다음, 무언가에 이끌리듯 여기로 왔다. 편안하고 커다랗고 검은 구멍에 초대받은 것을 알았다. 난간 너머, 지면이 끝나는 곳에 평온한 장소가 열려 있다.

바로 뛰어내리지 않은 것은, 가방에 편지가 들어 있기 때문이었다.

죽으면 시력도 없어지니까.

편지, 무슨 말이 쓰여 있을까.

나는 죽음을 곁눈질하면서 편지를 펼쳤다.

나는 가오루코 너랑 조금 더 얘기를 하고 싶으니까.

이 한 줄을 읽었을 때, 초등학생 시절에 했던 크레파스 스크래치가 떠올랐다.

도화지에 갖가지 색의 크레파스로 알록달록하게 색을 칠한 후, 검정 크레파스로 뒤덮는다. 그다음 이쑤시개로 긁어내면 무지개 색 선이 나타난다.

시커멓던 내 안에 나타난, 한 줄기 무지개 색 선.

난간에 몸을 기댄 그대로, 편지지에 쓰인 글자를 더듬는다.

이곳은 참 조용해.

주지 스님과 사모님은 친절하고.

나 말고 세 사람이 더 있어.

고등학교에 다니던 여학생 하나와, 고등학교에 가지 않은 10대 여자 하나, 나이를 잘 모르는 젊은 남자 한 사람.

방은 혼자서 사용하고, 당연히 문을 잠글 수 있어.

그 세 사람도 다 착해. 우리는 밭일을 하고, 근처에 있는 숲에 가서 산책도 하고, 청소를 거들기도 해.

한동네에 사는 사람들이 채소와 음식을 갖다 주는 일도 있어. 얼마 전에는 메밀국수도 만들어 봤어. 마치 동네 사람들이 우리를 먹여 살리는 것 같아. 돈을 내는 것도 아닌데. 이렇게 살 수 있다는 게 정말 신기해. 우리를 보살핀다고 그 사람들에게 무슨 이득이 있을까? 가끔 그런 생각을 하는 나를 깨달을 때는 정말 소름이 끼쳐.

우리는 얘기도 많이 나눠. 농담도 하고. 장난도 치고.

굳이 이런 얘기를 쓰는 것은, 수도승처럼 정적 속에 있다고 여겨지고 싶지 않아서야. 나름 즐겁게 지내고 있어.

공부도 하는데, 교과서를 읽는 게 전부라서 별 진척은 없어. 수업이 얼마나 중요한 거였는지 알겠더라. 혼자 공부할 때는 주로 복습을 해. 저녁때가 되면 자원봉사를 하는 대학생 형이 와서 새 단원을 가르쳐 줘. 매일은 아니고, 전 과목을 가르쳐 주는 것도 아니지만, 그래도 조금씩 진도를 나갈 수 있으니까 정말 고맙지.

공부하는 틈틈이, 나의 몸과 마음에 대해서도 조사하고 있어. 나처럼 몸과 마음의 성별에 위화감을 느끼는 사람들은 어떤 식으로 살아가고 있는지, 법률이나 사회의 인식 같은 거. 불편한 게 참 많다는 느낌이지만, 변하고 있는 점도 있다는 걸 알게 되니까 실망하기에는 이른가? 하는 생각도 들어. 시계추처럼 흔들리고 있어.

한 가지, 기분이 확실하게 밝아지는 정보를 발견했어. 호주를 비롯한 일부 나라에서는 성별을 기입하지 않아도 되는 여권이 있대. 성별기입란이 'X'래. 남자인지 여자인지 결정하지 않아도 되는 장소가 있다는 거지. 언젠가 이 나라도 그렇게 될지 누가 알아.

공부도 중요해. 모르는 걸 가르쳐 주잖아. 답답한 공기에 살짝 구멍을 뚫어 주지. 학교에 있는 동안 깨달았으면 좋았을 텐데.

이력서에도, 병원의 문진표에도, 사소한 설문지에도, 성별기입란이 있다. 고등학교 지원서에도 있을까.

그런 서류 중 과연 몇 퍼센트가 성별을 결정하지 않으면 기입 누락으로 간주할까.

아키오에게 성별기입란은 미래의 문 앞에 선 문지기다. 나는 그 문지기를 설득할 수 있는 말을 아직 찾지 못했다.

성별기입란에 'X'라고 표기된 여권.

작은 바람구멍이 뚫린다.

가르쳐 줘서 고마워, 아키오.

나는 '문지기'라는 말이 마음에 들어 별생각 없이 사용했을 뿐인 듯하다.

출구가 없다 여겼던 세계에 틈새가 생겼다.

그 세 사람 다 재미있고, 흥도 많은데, 학교 친구들과는 어딘가 다른 것 같아. 윤곽이 부예 보인다고 할까. 마치 수채화 같아. 그 사람들이랑 있으면, 내가 왜 지금까지 그렇게 큰 목소리로 얘기해 왔을까 싶은 기분이 들어.

어쩌면 우리가 다니는 학교에도 수채화 같은 사람이 있을지도 모르지. 학교에 있는 동안 내가 그 존재를 알아차린 적이 없어서, '어쩌면'이라고밖에 말할 수가 없네. 하지만 그 사람들, 정말 열심히 노력해서 자기 모습을 선명하게 채색하고 있는지도 몰라. 자가발전기를 24시간 풀가동해서 말이야.

앞으로 살아가는 과정에서 수채화 같은 사람들과 수없이 마주치게 될 것 같아. 마주친다고 바로 다가가지는 않겠지만, 지금까지와 다른 시각으로 볼 수는 있겠지. 적어도 상대가 어떤 사람인지 모르는 채 큰 소리로 얘기하는 일은 없을 것 같아.

그 사람들이 여기 있는 이유는, 간간이 듣고 있어. 현실 속에 그런 일이 정말 있을까 싶은 무지막지한 경험을 담담하게 얘기해. 눈물조차 흘리지 않고.

나는 이런 정도로 얘기하고.

어렸을 때부터 내 몸이 참 신기했습니다. 두 살 위

인 누나와는 몸이 다르게 생겨서요. 몸 말고는 누나와 똑같은데. 성격은 다르지만.

몸의 형태가 달라서 입는 것도, 소지하는 물건의 색도, 부모님이 사 주는 장난감의 종류도 다르다는 게, 잘 이해되지 않았어요.

나와 누나가 왜 그렇게 구별되어야 하는지, 이해할 수 없었죠.

다섯 살 때였나. 누나의 새 치마가 너무 예뻐서, 입고 싶었어요. 그래서 입었더니, 누나가 귀엽다고 칭찬해 주더군요. 그런데 내 모습을 본 엄마 얼굴에서 핏기가 싹 사라졌어요. 정말 피가 사라지는 소리까지 들릴 것처럼 새하얘졌어요. 지금 돌이켜 보면, 내가 여자아이 같다는 걸 부모님은 느끼고 있었던 것 같아요. 그러니까 치마를 입은 내 모습을 봤을 때, 그 느낌이 엄마의 내면에서 확신으로 변한 거겠죠. 공포라는 이름의 확신으로.

엄마는 당연히 아빠에게 말했습니다. 아빠는 따귀를 갈기고, 나를 마당에 있는 바위에 묶었어요. 그러고는 "나는 남자다"라고 외치라고 했죠. 그때 눈발이 날렸던 기억이 나는군요.

아빠는 그걸 교정이라고 생각했어요. 마당에 있는 바위는 교정 도구. 하지만 몇 번을 얻어맞아도, 나는 나를 교정할 수가 없었어요. 맞아서 아플 때는, 나는 무슨 일이 있어도 남자라고 맹세하는데.

나는 남자지만, 남자만은 아니니까. 나의 일부만 살리고 나머지는 죽이는, 그런 재주는 피울 수 없었어요.

아빠는 나를 엄격하게 감시했어요. 일하러 나갈 때는 엄마에게 감시를 명했죠. 엄마는 내가 조금이라도 여자 같은 몸짓을 보이거나 말투를 사용하거나 누나 장난감을 만지면, 일일이 다 기록해 놓았다가 그날 밤 아빠에게 보고했습니다.

그러다 보니, 내가 그날 보인 여자 짓에 따라 다양한 교정을 받게 된 거죠.

학교에 있는 시간은 감시가 없어서 좋았어요. 한편으로는 남자로 살아야 하는 다른 괴로움이 있었지만.

교정에는 여러 가지가 있었어요. 재갈을 물리고, 물

구나무서기를 하라고 하고, 무릎을 꿇고 몇 시간이나 그대로 앉아 있으라고 하고. 그래도 가장 많았던 건, 욕조에 있는 물에 얼굴을 처박고 있는 거였나.

아빠는 냉정하고 교묘해서, 화가 난다고 화가 나는 대로 날뛴 것은 아니었어요. 아빠에게는 그게 훈육이었겠죠.

훈육. 역시 어이없는 말이다.

이 가벼운 말은 비밀을 은닉한 항아리 같은 것이다. 또는 비밀을 끌어들이는 라플레시아. 그러나 그것의 뚜껑이 열렸을 때, 나오는 것은 괴물이거나 뱀.

나는 어이없고 멍청하다는 태도를 보이며, 그 말에서 거리를 두려 했는지도 모른다.

거기에 숨겨져 있는 것을 본능적으로 간파했기 때문에. '훈육'이라는 말을 생각하면, 나와 나의 소중한 친구가 그 비밀의 당사자라는 사실을 나도 모르게 자각하게 될까 봐서.

'학대'와 '교육'은 반원의 형태를 취하고 있고, 경계가 녹아 서로 합쳐지면서 원을 만드는 것이라면, 우리는 어떻게 할 도리가 없다.

자로 선을 그을 수 있다면, 하루빨리 그렇게 했으면 좋겠다. 그러나, 누구에게 부탁하면 좋을까.

그럼에도 나는 이제 눈을 감을 수는 없다.

아빠는 내 머리와 팔은 절대 때리지 않았어. 여름에는 특히 피부에 멍이 남는 짓은 하지 않았지. 뭐, 물에 얼굴을 처박아도 어느 정도 멍은 남지만. 아, 그러고 보니 밤새도록 '남자'라는 글자를 쓰게 하는 독특한 고문도 있었군. 고문이라는 말을 해 버렸네.

거기 있는 사람들 모두 차분하게 들어 주었어. 내가 고문이라는 말을 하고서 허허하고 웃었을 때는 다들 '웃으면 안 되는데 웃음이 나온다' 하는 식으로 씩 웃었고.

내가 화장에 관심이 있다고 했더니, 고등학교 여학생이 화장을 해 주었어. 키가 커서, 내게 옷도 빌려주었고. 주지 스님은 나를 보고서 "호오" 하고 말했어.

억지로 칭찬하는 것도 아니고, 불쾌한 표정을 짓는 것도 아니고, 그냥 "호오" 하면서 몸을 약간 뒤로 젖혔는데, 그래서 나는 오히려 기뻤어.

그때 엄청난 발견을 했지.

여자 모습을 하면, 여자 말투가 나온다는 것. 저절로 그렇게 되었어. 차림새로 기분이 달라지다니. 나의 겉모습은 내 안의 모습으로 결정해야 한다고 생각했는데, 그 반대도 가능하다는 얘기잖아.

아, 세일러복을 입었을 때도 그랬나.

하긴 너무 필사적이던 때라, 실은 별 기억이 없어.

한노에 갔을 때 네가 "어느 한쪽으로 정할 필요 없잖아. 날마다 바뀌도 되고"라고 말했는데. 어느 한쪽으로 정할 필요가 없다고 생각했기 때문에 여자 차림을 즐길 수 있었던 거야. 나는 누구냐, 안과 밖의 합, 섞인 것. 나는 팬케이크야. '밖'은 밀가루, '안'은 달걀로 되어 있지. 그냥 평범한 맛이 날 때도 있고, 코코아 맛이 날 때도 있고.

음, 어째 이렇게 이해가 잘 안 되는 비유밖에 생각

나지 않네.

정말 서투르네! 하고 가오루코가 혼낼 것 같다. 나도, 책 좀 읽어야겠어.

나는 바닥에 엉덩이를 대고 주저앉아 있었다. 맨발로, 무언가를 열심히 읽고 있는 여자 중학생. 오가는 사람들이 이상하다는 눈길을 보내며 지나간다.

어느 한쪽으로 정할 필요 없잖아. 날마다 바꿔도 되고.

아키오에게 그렇게 말했던 건, 수치스러워서였다.

아키오는 천사니까, 양성구유잖아. 멋진 말을 했다고 우쭐했던 나 자신의 유치함을 어떻게든 무마하고 싶어서였다. 아키오에게 남자도 여자도 관계없는 파격적인 삶을 제시했지만, 그게 어떤 것인지는 전혀 몰랐다.

그런데 아키오는 그 말을 실마리로 새로운 말을 찾아내었다. 나는 팬케이크, 라고.

"치, 바보."

자기 모습을 즐기는 아키오는, 정말 대단하다.

주지 스님 입에서 "호오"라는 감탄사를 나오게 한 모습을 그려 보고는, 반하고 말았다.

반 아이들에게 고백할 때도, 좀 더 차분하게 했으면 좋았을 텐데. 지금 생각하면, 좀 부끄러워.

나는 자유롭고 싶었어. 남자라는 성의 틀에 가두려는 힘에 대항하려면, 기정사실로 만드는 수밖에 없었지만. 그래서 모두 앞에서 말한 거였지만.

그러나 여러 방향에서 밀려오는 힘에 짓눌려서, 진정한 나 자신을 잘 몰랐던 거야. 때로 숨쉬기조차 어려울 정도의 고통, 그게 나 자신이 보내는 구조 신호라는 건 알고 있었어. 나는 나 자신을 구출해서 꼭 안아 주어야 했어.

나 같은 사람이 모두 커밍아웃 해야 한다고는 생각지 않아.

마음에는 아무도 발을 들여놓아서는 안 되는 장소가

있잖아. 밖으로 드러내서는 안 되는 장소가 있잖아.

마음에는 포근한 이불을 덮어 잠재워야 하는 시기도 있어.

그런데 내 주위에는 육체적으로 학대하는 사람이 있었지. 나는 나의 목숨을 지키기 위해, 마음에 협력을 청했다고 생각해. 결코 영리한 방법은 아니었지만, 내 머리로는 다른 방법이 없었어.

처음 마당의 바위에 묶였던 날부터, 왠지 모르지만 나는 열네 살이 되면 자유로워질 수 있다고 생각했어. 열네 살이 주인공으로 나오는 그림책이라도 읽었는지 모르지. 그 나이가 되면 어른이라고 생각했어.

반 아이들 앞에서 커밍아웃 했던 그날이, 나의 생일이었어.

가오루코, 내가 한 마디 말없이 보호소에 가서 많이 놀랐지?

보건실에서 선생님과 네가 내 등의 상처를 본 그날. 너를 밀쳐서 쓰러지게 했던 거, 나는 평생 잊지 못할 거야.

바닥으로 나동그라진 너는, 아무 말 않고 벌떡 일어나서는 보건실에서 나가 버렸지.

끝이다. 나는 그렇게 생각했어. 너에게 상처를 주고 말았다. 돌이킬 수 없는 짓을 했다. 둘도 없는 친구를 잃었다.

내 팔과 다리, 근육과 뼈, 호흡과 고동, 너를 밀쳐 냈던 움직임에 관련된 모든 것이 증오스러웠어. 이런 것들은 빨리 없애 버려야 한다고 생각했어. 내게 들러붙어 있는 폭력이 나 자신을 파괴할 타이밍을 엿보고 있었으니까.

이제 준비가 되었어. 나는 마음속으로 폭력에게 그렇게 말했지. 마음대로 하라고.

동시에 보건실 문이 열렸어. 너는 깔끔하게 다듬은 눈썹을 찡그리고 입을 꾹 다물고서 문에 손을 대고 있었지. 뛰어서 돌아왔는지, 숨을 헐떡이고 얼굴은 빨갰어.

너는 용감하게 안으로 들어오더니, 서점 로고가 찍힌 쇼핑백을 내 가슴에 들이밀었어.

"하나도 안 아파! 끄떡없다고!"

목소리는 힘찼지만, 너의 눈은 살얼음이 낀 겨울 연못 같았어. 그 맑은 차가움이 내 증오의 불길을 꺼 주었지.

"교실에서 기다릴게!"

그리고 너는 또 용감하게 보건실에서 나가 버렸어.

"아, 그렇다고 서두를 건 없고!"

돌아보면서 너는 팔을 앞으로 내밀고 손바닥을 내 쪽으로 보였지.

쇼핑백 안에는 여름용 세일러복이 들어 있었어. 너의 세일러복.

나는 손이 떨렸어. 시선을 돌려서는 안 된다. 나 자신의 큰 목소리가 들렸어. 여기에서 눈을 돌려서는 안 돼. 내가 죽는다고 해서 폭력까지 죽는 건 아니라고.

나의 세포에는 폭력의 악보가 새겨져 있어서, 손쉽게 연주할 수 있지. 살아 있으나 죽으나 영원한 동행이야. 그렇다면 살자. 내 몸 여기저기에 새겨진 악보를 찾아내, 미술관의 유리 케이스에 보관하듯 정성스럽게 보존해 주지. 평생이 걸리는 한이 있어도 그렇게 할 거야. 나는 결심했어.

교실로 돌아가지 않아서 미안해.

결심을 했으니 1초라도 빨리 폭력의 공급을 막아야 했어.

나는 지쿠모 선생님에게 물었어. 집을 나가는 방법이 있을까요? 하고.

나는 예전부터 아빠를 '떠나는' 시도를 해 보고 싶었어. 공간적으로 거리가 있으면, 아빠와 내가 접하는 일도 없을 테니까. 마치 나 자신을 사용해서 실험하는 기분이었지.

아빠에게 "집을 나가고 싶다"고 말한 탓에 내 등이 그렇게 부어올랐지만, 보건실에는 지쿠모 선생님밖에 없으니 얻어맞을 일도 없지. 좀 더 빨리 집이 아닌 곳에서 얘기를 했어야 했어. 집의 거실은 비밀이 절대적으로 은폐되는 장소잖아.

선생님이 보호소를 운영하는 단체에 연락을 취했어. 그리고 그날 바로 전문 변호사와 상담했어. 결과부터 말하면, 나는 그 길로 이곳에 온 거야. 필요한 생활용품은 보호소에 마련되어 있었어. 내 상황을 헤아려 주는 어른이 있다는 게 놀라웠어. 문이 잠기는 방에서, 나는 안심하고 잠들 수 있었지.

지금 이 상황은 내가 선택한 거야.

이건 너에게만 하는 말인데, 그래도 사실 조금은 외로워.

편히 지낼 수 있는 집이 전혀 아니었는데, 냄새와 기척과 엄마가 해 주는 반찬이 그리워. 여기 사람들은 모두 착하고, 밥도 맛있지만, 무언가가 부족해.

고등학교에 가지 않고 집을 나가겠다고 말했을 때, 아빠가 나를 심하게 때린 것도 어쩌면 그 사람의 외로움 때문이었는지 몰라. 우선은 친척이나 동네 사람들 사이에 소문이 나고 손가락질을 당할까 봐 두려워서 내 생각을 바꾸려 했겠지만, 가족이 뿔뿔이 흩어지는 것을 막으려고 한 의도도 있었을 거야.

'때리면 상대를 내 마음대로 할 수 있다' 하는 생각은 도저히 바뀌지 않는 듯하지만.

그 생각은 사실 옳아. 이 편지를 쓰면서 깨달았어.

나는 벌써부터 아빠보다 키가 크게 자랐어. 힘도 있었고. 저항하려고 했으면 아마 이겼을 거야. 두 번 다시 내 몸에 손대지 말라고 악을 쓸 수도 있었어. 그런데 내게는 그런 생각이 없었어. 10년 가까이 맞고 살았다는 건 '나는 아빠를 이길 수 없다'고 세뇌되었다는 뜻이기도 한 거였지.

나는 의미를 알 수 없는 끈질김(뻔뻔함?)도 있었기 때문에 이렇게 도망칠 수 있었지만.

사실 우리 아빠도 어렸을 때부터 폭력으로 복종을 강요당한 사람이었어. 할아버지가 자기 '교육법'을 자랑스럽게 얘기했기 때문에 나도 알고 있었지. 설날 같은 때, 친척들이 모여 있는 자리에서 할아버지는 자기가 얼마나 강하고 좋은 아버지였는지 얘기했어. 그때는 등장하는 것이, 자기 아들의 몸에 가한 폭력에 얽힌 일화였거든.

우리 아빠는 그런 얘기를 모두가 있는 앞에서 들어야 하는 것조차 견딜 수 없었을 거야. 맞고 살았다는 걸 아무에게도 알리고 싶지 않았을 텐데. 우리 아빠가 무슨 심정으로 살아왔을지, 잘 알겠어.

아빠가 자기 과거를 이유로 '아키오를 때리는 것은 어쩔 수 없는 일'이라고 스스로를 위로하는 것도 알고 있었어.

하지만 나는 과거는 그저 정보일 뿐, 지금 이 순간부터 얼마든지 바뀔 수 있다고 믿어.

아빠와 나는 애당초 서로를 이해할 수 없는 관계였던 거겠지. 내가 너무 가혹한 걸까.

아무튼 엄마와 누나도, 아빠와 적당한 거리를 유지할 수 있기를 바라. 누나는 걱정하지 않아. 더없이 대담한 그 사람을 언젠가 소개해 줄게. 아마 너와 마음이 잘 맞을 거야.

아키오에게 세일러복을 물려준 누나. 어떤 사람일까? 하고 생각해 보았다. 언젠가 얘기라도 나눌 수 있으면 좋겠다.

"언젠가……."

나는 앞으로도 계속 살아가려는 모양이다.

갑자기 초점이 맞은 것처럼 경치가 똑똑히 보였다. 왜 내가 맨발이지. 육교 한구석에서 혼자 맨발로 있는 세일러복 차림의 소녀. 청춘 영화의 한 장면 같아 너무 창피했다. 허둥지둥 양발을 신고 운동화를 신는다. 일어나 난간에 기대어 벚나무를 바라보는 척했다. 어중간하게 물들어 볼품없는 벚나무지만.

내가 육교에서 뛰어내리려 했다는 건 아무도 모른다. 육교 밑에서는 여전히 차들이 휭휭 지나가고 있다.

그러고 보니까, 한노에서 아침에 돌아온 날, 아빠 차를 타고 이 도로를 지났네.

아직 설명을 제대로 하지 않았다.

내가 아키오와 한노에 갔던 이유. 아빠는 내가 부부싸움에 진저리가 나서 그랬을 거라고만 생각하고 있다. 아키오가 어떻게 보였는지는 알 수 없지만, 육체관계가 있었는지를 의심할 정도였으니 인상이 좋지는 않았을 것이다.

아키오가 오해를 받는 건 싫다. 이렇게 있는 힘을 다

해 삶에 손을 내밀려는 사람이 있는데, 말 않고 가만히 있고 싶지 않았다.

아키오는 등에 난 상처를 숨기려 했다. 아빠에게 얻어맞고 사는 걸 아무에게도 알리고 싶어 하지 않았다.

하지만 나는 이제, 가만히 있는 것이 아키오를 위하는 일이라고는 생각지 않는다. 그것은 은폐되어서는 안 되는 일이다. 어른도 알아야 하는 일이다.

내가 아빠에게 얘기한 탓에, 아키오가 나를 미워하거나 싫어해도 상관없다. 전부 떠안는다. 처음부터 우정을 다시 쌓는다. 시간 따위는 얼마가 걸리든지 괜찮다.

잠에서 깨라는 식으로 볼을 찰싹찰싹 쳤다.

그때, 무슨 향기가 코끝을 훅 스쳤다. 빈말이라도 좋은 냄새라고는 할 수 없는데, 나도 모르게 가슴 한껏 들이마시고 싶어진다.

돌아보니, 키 큰 남자가 반대쪽 난간에 기대어 서서 담배를 피우고 있었다. 서른 살쯤 되었을까. 옆으로 찢어진 가는 눈에, 약간 처진 굵은 눈썹, 뼈가 불거진 콧대. 미청년까지는 아니어도, 당당하고 말쑥한 사람이었다. 다소 레트로풍의 차림이다. 파티라도 하고 돌아가는 길일까.

짙은 베이지 헤링본 재킷에 하얀 셔츠, 목에는 감색 스카프를 둘렀다. 바지와 중절모는 자연 색감의 아이보리, 허리띠는 구두와 같은 짙은 갈색이다.

어라. 어디선가 본 적 있는 사람인데.

그 담배 냄새를, 나는 알고 있었다.

"이거 미안하군."

남자는 안주머니에서 조그만 휴대용 재떨이를 꺼내 담배를 껐다.

"이런 곳에서 피우면 안 되는데. 이 세상은 답답해서 못 견디겠어."

남자는 한쪽 볼만 움직여 히죽 웃고는, 모자챙 아래 눈을 치켜뜨고 나를 보았다.

"그래서 더욱 재미있기는 하지만 말이야."

남자가 천천히 내게 다가왔다. 왼쪽 손목에 찬 시계가 보인다. 짙은 갈색 가죽끈에 신주 베젤. 울룩불룩한 손목을 배경으로, 진짜 멋지다.

"멋진 건 너지."

나는 턱의 나사가 풀린 것처럼 입을 쩍 벌리고, 남자를 올려다보았다.

"운동화를 벗을 때는 어떻게 될까 싶어 걱정했는데, 이제 괜찮은 모양이군. 어둠에서 자기 힘으로 돌아온 너야말로 최고로 멋지구나."

말을 할 때마다 텁텁한 냄새가 났다.

남자는 굵은 눈썹을 치켜올리면서 장난을 치는 것처럼 눈을 번쩍 떴다.

"네 머리를 쓰다듬어 주고 싶은데, 괜찮겠니?"

나는 남자의 눈빛에 얼이 빠져, 뭐라 대답하는 것조차 잊고 있었다.

남자는 잠시 나를 내려다보다가, 포기한 듯이 손을 얼굴 옆으로 올렸다.

"무례하게, 여자에게 손을 댈 수는 없지."

남자는 창살처럼 이를 보이면서 장난스럽게 씩 웃었다.

"네 생각대로 해, 가오루코."

남자가 모자챙을 살짝 올려 인사하고는 육교를 내려간다.

얼른 난간에 몸을 대고 아래를 내려다보았지만, 그 모습은 어디에도 없었다.

벚나무 이파리가 바람에 흔들렸다. 마치 덩치 큰 개를 어떤 손이 쓰다듬는 것 같았다.

담배 냄새가 아직 남아 있는 느낌이었다.

"아, 내가 뭘 놓쳤나 보네."

나는 내 머리에 손을 얹었다. 괜찮다고 대답했으면 좋았을 텐데.

가방을 열고 지퍼 달린 주머니 안에서 새틴 주머니를 꺼냈다. 아키오가 없어진 날부터 부적처럼 열쇠를 지니고 다녔다. 한노의 증조할아버지 집 열쇠다.

열다섯 살이 될 때까지 언제든 빌릴 수 있는 내 피난 장소.

주머니에서 열쇠를 꺼내 하늘에 비쳐 보았다. 앞부분이 화살표처럼 보였다. 열쇠가 어딘가를 가리키고 있다.

해야 할 일이 있는 듯한 기분이 들었다.

"나의, 피난 장소……."

나는 그 장소를 어떻게 사용해야 할까.

네 생각대로 해. 그 사람의 목소리가 귓속에 울린다.

열쇠를 새틴 주머니에 다시 집어넣고 오른손에 쥐었다.

난간에 등을 기대고 섰다. 편지를 아직 다 읽지 못했다.

이런 말하면 너는 화낼지도 모르지만, 나의 아픔 따위는 별거 아니야.

여기 있는 사람들 얘기 들으면서 그렇게 생각했어.

아픔과 괴로움은 비교할 수 없는 건지도 모르지만, 정말 그렇게 생각했어.

그랬더니, 언젠가 나도 주지 스님 같은 일을 할 수 있으면 좋겠다는 생각이 들더라.

알지도 못하는 사람들을 한 장소에서 생활하게 하는 거, 정말 힘든 일이야. 나는 여기 생활을 '즐겁다'

만 썼는데, 그건 주지 스님이 힘든 부분을 다 도맡고 있는 덕분이지. 내가 정말 그럴 수 있을지는 모르겠지만, 최소한 내 공부를 도와주는 대학생이나, 먹거리를 나눠 줄 수 있는 사람은 되고 싶어.

나는 아픔을 알지만 움직일 수 없는 정도는 아니고, 큰 소리로 웃는 것도 싫어하지 않는 데다 수채화 같은 사람들과도 교류할 수 있어.

말하자면 '좋은 것만 골라서 쏙' ……? (화내지 마!)

아, 그거다.

하이브리드.

내가 할 수 있는 일이 있지 않을까 해.

아니지, 내가 해야만 하는 일이 있을 것 같아.

그렇게 맞고도 버릴 수 없었던 '남자'와 '여자'가 내 강함의 기반이야. 이 강함(뻔뻔함이지)을 사용할 수 있기 위해 살아 있는 거겠지.

창 너머에서 조그만 새가 총총 걸어가고 있네.

지금 오후 공부 시간에 편지를 쓰고 있어. 오전에는 수학과 영어 공부를 했어.

시간을 자유롭게 사용할 수 있다는 거, 굉장한 거더라. 조금 겁나기도 하고. 내가 뒹굴 거리려면 얼마든지 뒹굴 거릴 수도 있고. 하지만 뒹굴 거릴 때의 죄책감까지 짊어져야 하니까.

이런 시간과 장소가 주어진 거, 사치라고 생각해.

나쁜 의미로 그렇게 생각하는 게 아니라, 기쁜 마음으로.

내가 스스로 선택하고 얻어 낸 거니까. 자랑스럽다고 해도 좋을 정도야.

여기서 지내는 하루하루를 귀중하게 생각하고 있어. 그래서 성실하게 지내려고 해. 끝나는 날이 정해져 있다는 것도 아주 중요한 점이더라고.

여기 있을 수 있는 기한은 정해져 있어. 주지 스님과 변호사, 아동복지사에게는 집으로 돌아가지 않고 시설에 들어가고 싶다고 내 뜻을 전했어.

그렇게 마음먹었을 때, 엄청 울었어.

아빠와 엄마와 누나와 함께 지냈던 시간이 그립게 떠올랐고.

동시에 머릿속에 무수한 기억이 오갔어. 전부 그립네. 그중에서 나는 한 가지만 선택해야 해.

지금까지 내 안에서 생겨난 것은 하나도 버리고 싶지 않은데, 여기 와서 처음, 한 가지만 선택해야 하는 상황을 맞았어.

결론은 이미 나 있지만, 선택한다는 건 또 다른 얘기였어.

괴롭고 슬퍼서, 종일 숲에 있었던 날도 있었어.

편지에다 그 시간에 대해 자세히 쓸 수는 없지만, 지금은 결론을 주저 없이 쓸 수 있어서 안심이 되네.

계단을 뛰어내려 가, 길가에 있는 전화 부스로 후다닥 들어갔다.

학교에는 휴대전화를 가져갈 수 없다. 나는 그 규칙을 바보스러울 정도로 지키고 있어서, 스마트폰은 집에 있다.

투명한 벽 안에 거친 숨소리가 울린다. 녹색 전화기에 가지고 있는 동전을 전부 집어넣었다. 새틴 주머니를 꼭 쥐고서, 학생 수첩을 꺼낸다. 메모한 전화번호를 누른다.

공중전화에서 걸려 오는 전화는 안 받을 수도 있다. 일하는 사람에게 전화를 거는 것도 좋지 않을 수 있다.

그러나 지금 당장 얘기하고 싶었다. 배려나 상식 따위는 내 알 바가 아니다. 정말 잘못된 일이라면, 나중에 잔소리를 실컷 들으면 된다.

아빠와 엄마와 누나와 함께 지냈던 시간이 그립게 떠올랐고.

그 글이 쓰인 편지지에는 눈물 자국이 몇 군데나 있었다.

"여보세요."

낮은 목소리를 듣는 순간, 눈물이 쏟아졌다.

침착하게 얘기할 자신이 있었다. 그런데 아빠 목소리를 듣는 순간, 나비 모양으로 묶은 리본이 풀리듯 긴장이 풀렸다. 한노에서 아침에 돌아왔던 날, 아빠가 와 주어 그 자리가 안정되었던 것처럼, 그 목소리는 안도감을 품고 있었다.

"아빠, 그냥 들어 줘. 내가 하는 얘기, 들어 줘."

"가오루코? 웬일이냐? 괜찮아?"

"내 얘기……."

아키오가 그의 아빠에게 학대를 받고 있었다는 것. 그날, 한노에 간 것은 거듭되는 폭력에서 도망치기 위해서였다는 것.

얘기하면서 몸이 가라앉는 듯한 감각에 빠졌다. 현실의 무게가 묵직하게 덮쳐 온다. 나 혼자 감당할 수 있는 문제가 아니었다.

머리를 빡빡 밀어 버리고, 소중한 세일러복을 찢고, 일거수일투족을 감시하고, 방을 뒤지고. 밖에서는 상처가 보이지 않도록 교묘하게 때리고. 프라이버시도 없고, 마음까지 지배하려는 고문을 당하고 있었다는 것.

눈에 보이는 풍경이 캄캄해지는 굴욕을 지속적으로 당하고 있었다는 것.

그런 사실을 나와 가까운 어른에게 털어놓는 것만

도 벅찼다.

눈물이 앞을 가리고 머리가 혼란스러워, 정연하게 말할 수 없었다.

'그래서 아빠에게 전화한 거야.'

그렇게 마무리 지을 수 있었다면 좋았겠지만.

일하는 중인데도 아빠는 끝까지 들어 주었다.

"얘기해 줘서 고맙다."

그리고 그렇게 말해 주었다.

나는 전화를 끊기 직전에야, 전화를 건 이유 비슷한 말을 딱 하나 할 수 있었다.

"가만히 입 다물고 있어서는 안 되는 거였어. 아키오를 생각한다면, 비밀에 부쳐서는 안 되는 거였어. 이렇게 되기 전에, 할 수 있는 일이 있었을 텐데. 이제 늦었는지도 모르지만……."

나는 이제 돌아가는 일이 없겠지만, 가오루코는 언젠가 다시 만날 수 있으면 좋겠다.

가오루코, 정말 고마워.

가오루코, 네가 있어서 여기까지 올 수 있었어.

너는 '나는 아무것도 하지 않았는데, 뭐'라고 할지도 모르지만, 아무것도 안 했는데(실은 했지만), 내게 고맙다는 소리 듣는 거, 굉장하지 않니?

옆에 있기만 했는데도 내게 큰 힘이 되었다는 거, 진짜 엄청나게 멋진 거 아니냐?

나더러 천사라고 했는데, 그 말 고스란히 너에게 돌려줄게.

너야말로 천사야.

이제 며칠 후면 이곳을 떠나야 해.

과연, 어떻게 될지.

흠, 왠지 설레는데.

주바치 아키오

9

"아빠."

아빠는 소파 앞에서 몸을 숙이고, 보스턴백에 갈아입을 옷과 음료를 담고 있다. 토요일 오후, 아빠는 왕궁 근처로 마라톤을 하러 간다.

엄마의 기분이 가장 나빠지는 때이기도 하다. 오늘은 친구를 만난다고 외출해, 다행히 나는 조마조마하지 않다. 호텔 카페에서 런치를 먹는다고 한다.

엄마는 마라톤은 빌미일 뿐, 아빠가 여자를 만난다고 생각하고 있다. 러닝 데이트라고 하는 것.

엄마는 피해망상에 젖어 있다. 내가 아무리 아니라

고 해도, 듣지 않는다.

"여자 안 만나면, 가서 뭐 하는데?"

"뛰지."

엄마의 의심과 원망을 듣는 것도 괴로운 일이다.

"그 손목시계도, 여자에게 자랑하려고 샀겠지."

아빠는 얼마 전에 고성능 스포츠워치를 샀다.

진저리가 난다. 아빠가 바람을 피우고 있지 않다고 단언하기는 어렵지만, 피우고 있다는 확증도 없다. 아니, 피우고 있지 않을 것이다. 나는 아직 사랑이나 연애가 풍기는 냄새를 모르지만, 거짓말이나 은폐에는 민감하다.

"응? 너도 같이 뛰러 가련?"

부담 없이 하는 이 말이 무슨 위장 같지도 않고.

"안 가."

"그러니."

대놓고 실망하는 척, 하지 마세요. 나는 손가락을 꼬물꼬물 움직였다. 정신을 가다듬고 다시 얘기를 이어간다.

"오늘은 안 나가면 안 돼?"

"왜?"

"아빠랑 같이 가고 싶은 데가 있어서."

"어디?"

"한노."

이렇게 꺼내기 어려운 말, 좀처럼 없다.

"할아버지 집을 청소하고 싶어서. 현관도 잘 안 닫히고, 마당도 좀 치워야겠어. 도와주면 안 돼?"

아, 그러냐, 하고 중얼거린 다음, 아빠는 허리에 손을 대고 잠시 생각했다. 그 시선이 오락가락한다.

"좋아. 가 보자."

나는 몇 센티미터만큼만 머리를 숙이고 열쇠를 가지러 방에 갔다. 부엌에 들러 메모지에 '할아버지 집에 다녀올게'라고 쓴다. 엄마에게 문자를 보낼 수도 있지만, 여자들의 시간을 방해하고 싶지 않다.

"차로 갈까?"

"응."

나는 걸레와 세제를 봉투에 담았다. 빗자루와 전지

가위는 할아버지 집에 있는 것으로 기억한다. 면장갑과 쓰레기봉투도 챙겨야 한다.

아빠는 보스턴백을 다시 정리하고, 창문을 닫았다.

*

"의외로 깨끗한데."

아빠가 거실을 죽 돌아보았다. 지금은 환기 중이다.

"응. 사람이 안 사는 집치고는 깨끗하지만."

아니다. 사람이 살지 않아서 깨끗한 게 아니다. 증조할아버지의 기척이 느껴진다.

"청소해야 할 곳이 아주 많아."

"그렇긴 하네."

아빠는 이 집에 무척 오랜만에 왔다. 무슨 생각을 하는지 표정을 읽을 수 없다.

아빠가 현관을 고친다. 그동안 나는 현관 앞을 청소하기로 한다.

마당 청소에 2층 바닥 청소, 하고 싶은 곳이 많지만

아빠와 해야 할 얘기가 있으니까.

아빠를 계속해서 얼간이 취급한 과거가 있는 데다, 며칠 전에는 전화통에 대고 울면서 얘기한 일도 있어서, 쑥스럽고 어색했다. 마주 보면서 얘기하기가 껄끄럽다.

현관 앞에 있는 남천을 올려다보았다. 내가 태어났을 때 심은 나무라고 한다. 꽃말이 '전화위복'이라, 나의 성장을 지켜 달라는 소망이 담겨 있는 듯하다. 아파트에는 마당이 없어서, 증조할아버지가 이 마당에 심어 주었다고 한다.

아빠가 덜그럭덜그럭 현관문을 고치고 있다. 나는 마당을 쓸기 시작한다.

더위가 아직 끈질기게 남아 있지만, 지난달에 비하면 햇살도 부드럽다. 그늘에는 서늘한 가을 기운이 웅크리고 있다.

빗자루질을 하면 할수록 심장이 쿵쿵 뛴다.

아빠나 엄마나, 언젠가는 나에게도 얘기할 생각일 것이다. 잠자코 있는 것은, 얘기가 마무리되지 않았기 때문이다.

내가 먼저 말을 꺼내는 것은, 아직 굳지 않은 콘크리트를 손가락으로 찌르는 짓이 될지도 모른다. 깔끔하게 굳기 전에 얘기하려면, 지금밖에 없다.

"아빠."

"응."

마침 몸에 힘을 넣는 중이었는지, "으흡" 하는 소리로 들렸다. 대답인지 힘을 주는 소리인지 몰라서, 잠시 동향을 살폈다.

"왜?"

역시 대답이었나 보다.

긴장을 감추려고, 최대한 낮은 목소리로 말했다.

"아빠랑 엄마, 이혼할 거지?"

아빠가 고개만 이쪽으로 돌린다. 나는 아빠를 볼 수가 없어서, 계속 비질만 한다. 시야 끝에서 남천 이파리가 흔들렸다.

"나를 엄마 아빠 대화에 끌어들이는 거, 아직 이르다고 생각하는 거지?"

"가오루코를 없는 사람 취급한 건 아니야."

나는 고개를 끄덕였다. 울음이 터질 것 같았다. 자기 생각을 전한다는 거, 이렇게 어려운 일인 줄 몰랐다.

남천 이파리가 머리를 스친다. 힘내라고 말한 듯한 기분이 들었다. 나는 비질을 멈췄다.

"나도 가족이야. 그 집 멤버라고. 결론이 난 다음에야 참가시켜 주는 건, 싫어."

아빠가 현관문에서 손을 떼고, 내게로 몸을 돌렸다. 결국 얼굴을 마주하고 얘기하는 수밖에 없을 듯하다.

"아빠."

"그래."

"아빠랑 엄마, 그냥 따로 살면 안 돼?"

아빠는 내 말의 의미를 잘 모르겠다는 듯이 고개를 갸우뚱했다. 보통은 '아빠랑 엄마, 따로 사는 거, 나 싫어' 그렇게 호소해야 하는 장면일까.

"갑자기 부부 연을 끊지 말고, 서로 다른 장소에 살면 되잖아."

"가오루코?"

"나, 아빠랑 엄마가 좀 편해졌으면 좋겠어. 그렇다고 흩어지는 건 싫고. 서류 한 장으로 끝나는 얘기가 아니잖아. 중요한 약속에 관한 얘기잖아. 인연을 끊는 건, 할 수 있는 거 다 해 보고 마지막에 가서 해. 서로 죽이고 싶을 정도로 미워한다면 도망치는 편이 좋겠지만, 살기를 바라잖아. …… 그렇지?"

아빠가 고개를 숙이나 싶더니 다시 들었다. 긴 끄덕임이었던 것 같다.

"같이 살면 여러 가지로 문제가 있겠지만, 따로 살면 어떨까. 방법이 있는데 시도도 하지 않는 건, 그렇잖아. 가능성을 죽이는 건 슬프잖아. 아니면, 아빠는 끝내 엄마랑 관계를 끊고 싶은 거야?"

아빠가 눈썹을 찡그리면서 앉았다. 무릎에서 뚝, 하는 소리가 났다.

"소중한 사람이잖아. 엄마가 마음을 가라앉히고 좀 쉴 수 있으면 좋겠어. 그런데 아빠가 옆에 있으면 그러지 못하니까."

알은척은, 싫어 나 자신에게 짜증이 났지만 참았다.

'마음이 맞지 않는' 문제일까. 아니면, 거리가 잘못된 것일까.

두 사람만의 적당한 거리가 있지 않을까.

부부 사이의 문제에 대해서는 아는 게 거의 없다. 아빠와 엄마의 마음의 거리도, 회복의 가능성도, 가늠할 수 없다.

가족의 문제이기도 하니까, 나는 내 생각을 그냥 다 말하는 수밖에 없다. 휘둘리지 않기 위해, 바다에 닻을 내린다.

"아빠."

"응."

아빠가 슬쩍 웃었다.

"가오루코는 하기 어려운 말을 하기 전에는 늘 아빠를 부르더라."

"그랬나."

"응. 아까부터 몇 번이나 '아빠'를 부르고 있잖아."

듣고 보니 그럴지도 모르겠다 싶다. 정말 긴장하고 있으니까. 후후, 웃고 말았다. 내가 웃자 아빠도 안심한 표정을 지었다.

이 사람, 나를 정말 좋아하는구나.

"아빠."

"그래."

"아빠가 여기에서 살 수는 없을까?"

"뭐라고?"

아이의 머리로는, 이 제안이 얼마나 엉뚱한 것인지 짐작할 수 없다. 보나 마나, 진짜 엉뚱한 말일 것이다.

아니지, 모르는 척하지 말자. 이왕 말을 꺼낸 거, 단숨에 말해 버리자.

"지금 이 집이 누구 명의인지도 난 모르고, 내가 열다섯 살이 되면 보존 기간이 끝나니까, 어쩌면 철거할 예정일지도 모르겠지만, 아빠가 그냥 사 버릴 수는 없어? 아빠 회사는 신주쿠에 있잖아. 한노에서 신주쿠는 전철로 1시간 거리니까, 통근하기 힘든 거리가 아니잖아. 내가 일주일에 절반씩 네리마와 여기에서 지낼게. 아침에 일찍 일어나면 여기에서도 학교 다닐 수 있으니까. 아빠가 엄마를 만나고 싶으면 네리마에 가면 되고, 당연히 그 반대도 가능하고."

숨이 찼다.

정신 차려. 지금부터가 중요하다고.

"그리고, 나, 다른 생각이 하나 더 있어. 가능한지는 모르겠고, 이래저래 복잡한 일도 있을지 모르지만, 이 집, 아빠 혼자 지내기는 너무 넓잖아. 그래서, 아키오를 여기 살게 하고 싶어."

아빠는 누가 이마를 툭 친 것처럼 고개를 움직였다. 내가 했던 말을 곱씹어 보려는 듯 눈썹에 손가락을 올려놓는다.

심장이 두근거린다. 졸지 마, 가오루코. 생각한 대로 밀고 나가.

"지난번에 통화하면서도 얘기했지만, 아키오는 지금 보호소에 있어. 그런데 이제 곧 다음에 갈 장소를 정해야 해. 아키오는 시설에 가고 싶다고 해. 다시는 집으로 돌아가지 않겠대. 그런데 난 시설에 가는 것보다 한노에 사는 편이 좋겠다고 생각해. 중학교 졸업하고 일을 한다 쳐도 아직 1년 이상 남아 있으니까, 살 장소가 필요하잖아. 아빠가 아키오의 후견인? 잘 모르겠지만 미성년을 돌보는, 그런 사람이 된다든지. 난, 아키오가 자기 부모님과 필요 이상 떨어지는 게 싫어. 그 사람들이 아키오에게 한 짓은 절대 용서 못 해. 또 그 사람들이 쉽게 찾아오지 못하도록 대처해야겠지만, 이건 다른 얘기야. 태어나고 자란 장소와 같이 살던 사람들을 싹 제거하고 새롭게 산다는 건, 인생을 두 번 사는 것 이상의 에너지가 필요하고, 우리의 청춘 시절을 그런 일로 송두리째 잃어버릴 수는 없잖아. 돌아가는 날은 없을지도 모르지만, 언제든 돌아갈 수 있다고 생각할 수 있으면 자기 발판이 이어져 있다는 느낌도 있을 거 아냐. 아키오는 자기 가족을 좋아해. 좋아하지만 자기를 지키기 위해서는 선택을 해야 했어. 그렇지만 이 집에서 살면 태어나고 자란 장소와 가늘지만 원만하게 이어질 수 있을 것 같아. 가족을 만나고 싶을 때 만날 수 있다고 생각하면 기분도 편하잖아. 아빠가 남과 지내야 하지만, 아키오는 정말 착한 아이야, 예의도 바르고. 아빠에게 폐 끼치는 일은 절대 안 할 거야. 약속할게. 아키오가 어떤 진로를 택할지는 나도 몰라. 하지만 적어도 중학교를 졸업할 때까지는 여기 살 수 있다고 말해 주고 싶어. 내가 세상 물정 모르고 상식에 어긋난 말을 하고 있다는 것도 잘 알아. 하지만 나는 아빠랑 엄마가 이혼하기를 원치 않으니까 별거를 시도해 보라는 거고, 아키오를 지키고 싶으니까 있을 곳을 제공하고 싶어. 그 두 가지 바람의 교차점이 할아버지가 남긴 이 집이야. 그러니까, 내 말 허투루 듣지 말고 한번 생각해 주시면 좋겠어요. '일단 검토해 보겠습니다.' 이거 회사원들이 흔히 하는 말이지. 아빠, 그렇게 한다고 말해 줘요. 그리고, 여러 가지로 죄송했습니다."

땀을 줄줄 흘리며 머리를 숙였다. 심한 수치심과 불안이 덮쳤다.

나, 아빠에게 집을 사라느니 나가서 따로 살라느니 말했다.

아키오 집안일에 끼어들려 했다.

아, 진짜 뭔가 옳은지 모르겠다.

물건을 부수는 아빠, 말로 상처를 주는 엄마.

나는 그 두 사람도 절대 용서하지 않는다.

동시에 나는 또 그들이 정말 평온하기를 바란다.

심장이 쿵쿵 뛴다. 귓속에서 '위태롭네' 하는 소리가 들렸다. 아키오의 편지를 받았을 때처럼 패닉의 발소리가 난다.

그때, 정수리 위에서 목소리가 들려왔다.

"가오루코는, 해결책을 제시하는 거구나."

얼굴을 들었다. 턱에서 땀이 툭툭 떨어진다.

아빠가 현관문에 등을 기대고 나를 보고 있다. 눈알 속에서 힘이 빠져나간 것처럼, 충돌 없는 눈빛이었다. 코로 긴 숨을 내쉬고, 걷어 올린 소매를 내린다.

"그래. 일단 검토해 볼게."

나는 어기적어기적 허리를 펴고 원래 자세로 돌아갔다. 등에서도 땀이 흘렀다. 안색이 말이 아닐 것이다.

"괜찮니?"

아빠가 씁쓸하게 웃고 있다. 나는 아직 움직이지 못한다. 힘을 다 써 버리고 말았다.

"너를 이렇게까지 고민하게 하다니."

아빠가 목덜미를 긁적거렸다. 으음, 하고 웅얼거리고 고개를 비트는 것을 보니, 아무래도 갈등이 생기는 듯하다.

나는 몸이 텅 빈 것을 느끼면서, 그 모습을 보고 있었다. 아니다. 아빠를 보고 있었다기보다, 망막의 작용을 그저 받고 있었다는 편이 옳을지도 모른다. 나는 아무것도 지각하지 못했다. 틀림없이 땅 위에 서 있는데 내 주위에 있는 것들과 아무런 관계성이 없고, 마치 번지점프대에서 떨어지고 있는 것 같았다. 하지만 조금도 무섭지 않다. 무섭다고 느끼는 기관까지 잠이 든 것처럼. 나는 아무것도 느낄 수 없었다. 낙하하는 무중력만이 지금 나의 현실이었다.

눈앞에 있는, 이 남자는 누구일까?

"아빠도 어렸을 때는 이 집에 자주 놀러 왔어."

그가 문을 약간 당겼다가 다시 닫았다.

"주말에는 학교 끝나면 그대로 전철 타고 와서 자기도 하고. 네가 태어난 후로는 할아버지 관심이 너에게로 옮겨 갔지만."

화들짝 놀랐다. 덕분에 무중력감에서 약간 헤어났다.

아빠가 나를 질투한다는 건 알고 있었다.

증조할아버지가 이 집을 보존하라고 유언을 남겼을 때도, 친척 모두가 귀찮다는 생각밖에 하지 않았는데 아빠만 다른 아픔을 느꼈다.

왜 내게는 아무것도 남겨 주지 않았을까, 하는. 사랑해 주었는데, 어린아이가 새로 태어나자 그 애정이 옮겨 가다니.

아빠는 미타카의 자기 어머니보다 한노의 할아버지를 마음의 기둥으로 여겼다.

아빠가 미타카의 어머니에게 마음을 쓰는 것은, 혼자 살기 때문이다. 내가 세 살 때 아버지가 돌아가셔서, 아빠는 그 대역으로 어머니를 염려해 온 것이다. 정기적으로 막내 구실을 하러 간다. 싱글거리면서 카레를 먹고, 천진난만하게 게임을 한다.

아빠는 자기 역할을 다 하는 것으로 겨우 자기를 인정할 수 있는지도 모른다. 친가에 갈 때면 보이는 그

설렘은, 자기 가치를 확인할 수 있다는 안심에서 오는 것인지도 모른다.

이 사람은 모두가 언제나 자기를 핸섬하다 여겨야 한다고 생각한다.

실제로 그렇게 여겨도 불안이 가시지 않아, 끝내는 같이 죽어 줄 정도로 자기에게 동화된 사람을 원한다. 예를 들면 니코틴 금단증상으로 힘들어할 때, 그렇게 좋아하는 담배를 같이 끊어 주는 사람. 만약 그가 눈이 멀면, 자기 눈알을 바늘로 찌르는 그런 사람.

그런 사람은, 없다.

이미 어른인 아빠는 벌써 오래전부터 알고 있었을 테지만.

'나, 지금 아빠가 되었네.'

아빠와 탯줄이 이어졌다.

아빠 안에, 내 나이쯤 되는 남자아이가 있다. 내게 뭔가를 전하려 하고 있다. 목청을 돋우어 뭐라 말하고 있는데, 알아들을 수가 없다. 어른인 아빠가 입을 막고 있어서. 뒤에서 그의 몸을 포박하고 목소리를 봉하고 있어서.

나는 예전에, 엄마 안에서도 어린아이를 보았다. 아빠와 마찬가지로, 어른인 엄마가 그 아이의 입을 막고 있었다.

나는 온몸의 떨림을 견디기 위해 주먹을 꽉 쥐었다.

자기 안에 확실하게 살아 있는 어린 존재를 무시해야 어른이 되는 것일까. 어른이 된다는 건, 섬세하고 부드럽고 그저 온기만을 원하는 존재의 입을 막는 일일까.

아빠와 엄마는 서로에게, 그 어린아이를 그저 꼭 안아 주기를 바란 게 아니었을까.

아빠와 엄마, 남편과 아내, 남자와 여자라는 역할과 무관하게, 그저 누군가가 꼭 안아 주고 쓰다듬어 주면서 괜찮다고 말해 주기를 바랐을 뿐이지 않을까.

그런 걸, 나는 타인에게 바라지 못하지만.

바라는 것은 무거운 일이고, 자기의 현재는 무수한 과거가 쌓인 결과. 가슴속에 있는 고통은 스스로 받아들이고 감내해야 한다. 이렇게 된 건 자기 책임이니까.

괴로움은 자업자득이다. 누군가가 사랑해 주기를, 꼭 안아 주기를 바라는 것은 그저 나약함이고, 이기적인 일이다.

"…… 아니, 누가 그런 소리를 해."

한노 할아버지!

부탁드릴게요. 우리에게 장소를 주세요.

이 집을 필요로 하는 사람이, 아직 더 있어요.

할아버지라면 그럴 수 있잖아요. 규칙을 무시하는 건 할아버지의 주특기니까요. 할아버지는 그 금빛 공을 맨손으로 움켜잡는 놀라운 재주를 내게 보여 주었잖아요.

"아빠. 여기 살아, 응?"

딱.

빗물받이에서인지, 지붕에서인지, 그런 소리가 났다.

마치 최면을 푸는 손가락 소리 같았다.

에게, 뭐야.

증조할아버지는 처음부터 내게만 이 집을 남긴 게 아니었네.

열다섯 살이 될 때까지라고 기한을 정하고 집을 남긴 것은, 그다음에 사용할 사람이 있기 때문이었다. 그 무렵의 나는, 아마도 이 집을 필요로 하지 않으리라.

나는 그냥 통로 같은 것이다. 증조할아버지의 뜻을 전하는 통로. 그 사람은 나를 통해서 당신이 점찍은 상대를 불러들이려 한 것이다.

증조할아버지! 할아버지도 참 힘들겠네요. 후손들이 품이 많이 들어서.

"사람들이 어떻게 보든 무슨 상관이야. 이 주변이나 아파트 주위를, 우리 손잡고 산책하자. 우리 사이가 좋다는 걸 모두에게 보여 주는 거야. 마음을 다졌으면 퍼포먼스에도 의미가 있잖아."

그렇지, 아키오.

"흩어져 사는 가족이지만 우리는 행복하다고 보여 주자. 누구에게 보여 주자는 건지는 모르겠지만, 모습이 보이지 않는 유령 같은 시선에. 이건 흩어진 게 아니라 올바른 거리라고 말이야."

호흡기관에 바람이 통한다.

"아빠가 집을 나가면 엄마도 마음이 편해질 거야. 장수풍뎅이가 좋아하는 채소도 마음껏 먹을 수 있고."

이제 슬슬 슈퍼마켓에서 수박이 사라질 계절이지만.

"그렇게 되면 …… 다시 여러 가지 얘기도 할 수 있을 거야. 중요한 얘기는 물론이고, 오늘 날씨가 춥네, 이 꿀 맛있네, 그런 일상적인 사소한 얘기도."

눈시울이 뜨끈해져, 얼른 미소를 지었다.

"이 집 보조 열쇠 건네는 것도 잊지 말고. 언제든지 놀러 오라고 꼭 말해. 그러면 엄마도 여자를 끌어들이는 게 아닐까 하는 의심을 품지 않을 테니까."

이번에는 아빠가 움찔 놀랐다. '화들짝'이 아니라 어디까지나 '움찔'이다. 중학교 2학년짜리 딸의 입에서 '여자를 끌어들인다' 하는 말이 나와서 놀랐겠지만, 마치 학예회를 준비하면서 느닷없이 주인공에 발탁된 듯한 표정이다.

그것 봐, 아빠는 바람 같은 거 안 피운다고. 여자의

성장 과정에 환상을 품고는 있지만, 이상한 낭만은 품고 있지 않다. 보기보다 훨씬 착실한 사람이다. 엄마는 아빠를 '과대평가'하고 있다.

나는 슬쩍 웃고 말았다.

"와, 어린 내가 왜 이런 생각까지 해야 하는지 모르겠네."

땀은 이제 잦아들었다.

"아빠랑 엄마는 올바른 거리를 찾고, 그리고 이 집의 일부를 아키오에게 빌려줬으면 해. 할아버지가, 품이 넉넉한 남자는 좋은 걸 독차지하지 않는다고 했어."

죄송합니다, 증조할아버지. 제가 멋대로 지어낸 얘기예요.

"'돈 없는 사람, 내게로 오시오'라고 했어. '나도 없지만 걱정 마시게나'라고 했다고."

이 노래는 증조할아버지의 십팔번이었다.

아빠는 멀거니 나를 보고 있다. 눈 밑이 거뭇거뭇해졌다. 이 사람, 지쳤나 보네. 내가 너무 몰아댔는지도 모른다. 뭐가 옳은지, 뭐가 그른지, 아무것도 모른다.

자신은 없다.

모두가 안전하게 지낼 수 있는 방법이 어딘가에 있을 것이라고 내가 믿고 싶을 뿐이다. 그렇지 않으면 죽는 생각만 할 테니까. 이건 나의 생명 줄이다.

컬러풀한 슈퍼볼에 묻혀 가렸지만, 금빛 공이 물속에 잠겨 있다면.

가족은 함께 살지 않으면 가엾다.

학교에 제대로 다니지 않으면 인생이 꼬인다.

성별을 정하지 않으면 미래로 나아갈 수 없다.

절대적이라고 믿는 무언가가, 실은 밤의 포장마차 아저씨의 어수룩한 감시처럼 약간의 틈새만 있어도 바로 무너지는 것이라면.

그렇게 생각해야 내 어둠에도 겨우 빛이 스민다. 반딧불이만큼이나 작은 빛이지만.

나는 아빠의 어깨를 툭 쳤다.

사춘기 딸로서 아빠에게 다정하게 대해야 하는 임무는 무척이나 중요하지만, 지금 나는 그 무엇보다 아빠와 대화하는 곤도 집안의 멤버다.

"돌아앉아 봐."

손가락으로 원을 그렸다. 아빠는 뭔 소리냐는 표정을 지었지만, 내가 내려다보자 몸의 방향을 180도 틀었다.

나는 쪼그리고 앉아 오른손을 아빠의 등에 댔다.

아빠는 놀란 듯 등에 힘을 주었다. 깜짝 놀란 것은 오히려 나다. 어쩌면 이렇게 차가울까. 딱딱하게 굳어 콘크리트 같다. 이 사람, 등에다 대체 뭘 쌓아 둔 거야.

나는 손바닥을 천천히 오르내렸다.

어깨와 견갑골과 등뼈를 정성스럽게 마사지했다.

오른손이 아파 오면 왼손으로, 그러고는 두 손으로 등 전체를 마사지했다.

아빠는 조금씩, 조금씩 힘을 뺐다.

"역시, 그러네."

아빠가 얼굴을 들었다. 뒤에서는 잘 보이지 않는데, 아마도 남천을 보고 있는 듯하다.

"우리 가오루코는 천사야."

오우? 하고 내 입에서 이상한 소리가 나왔다. 손을

멈췄다.

이 사람도 머리가 이상해졌나. 한다는 말이 하필이면 천사.

나도 아키오에게 같은 말을 했지만, 하는 것과 듣는 것은 상당히 다르다. 아키오도 나를 이상한 녀석이라고 생각했으리라. 그런데도 순순히 받아들였다. 다음에 만나면 고맙다는 말을 해야겠다.

그러다 불현듯, 인식했다.

아무리 그래도 그렇지, '천사'라는 말이 너무 자주 등장하는 거 아냐?

나와 아빠가 같이 지낸 14년 동안, '천사'라는 말을 나눈 적은 단 한 번도 없었다. 물론 내가 아키오에게 '천사'라고 하는 걸 아빠가 들은 적도 없다. 그런데.

"아빠랑 엄마가 막 결혼했을 때 말이야."

아빠가 얼굴을 조금 더 들었다. 하늘을 보고 있다.

"밤에 산책을 자주 했어. 엄마는 다부진 사람이라 언제나 당당했는데, 아주 작은 일로 기분이 축 가라앉는 때도 있었거든. 갑자기 눈물을 뚝뚝 흘리기도 하고. 그런 때, 아빠는 엄마를 데리고 밖에 나가서 동네를 슬렁슬렁 걸었어.

엄마는 몇 번이나 심호흡을 하고, 금목서 향이 난다고 했지. 하늘은 맑고, 달이 낚싯바늘처럼 가느다란 날이었어. 걸어가고 있는데 엄마가 갑자기 "앗!" 하고 소리를 지르는 거야. 달 주위로 조그만 빛이 쓰윽 흘렀어. 그것도 여러 개가 말이야. 눈을 의심했지. 유성치고는 너무 많았거든. 불꽃놀이 때 폭포처럼 쏟아져 내리는 그 나이아가라 같았어. 하늘이 금색으로 물들었어. 아빠와 엄마는 하늘을 올려다보느라 꼼짝도 안 했어. 그런데 나이아가라 속에서 조그만 불꽃 하나가 톡 튀어나와서, 엄마와 아빠 쪽으로 날아오는 거야. 금빛 구슬이 다가오면서 점점 커졌어. 거의 부딪칠 듯한 순간에 화르르 터졌지. 조명탄처럼 사방을 환하게 비추면서. 경치를 금빛으로 물들이고는 바로 사라졌어. 하늘에도 가느다란 달밖에 남지 않았고. 아빠와 엄마는 부둥켜안은 채 넋을 잃었어.

다음 날, 신문과 텔레비전 뉴스 어디에도 유성군이

나 운석의 낙하 얘기가 없더라고. 대체 그건 뭐였지, 집단 히스테리 같은 거였나, 아니면 금목서에 환각을 일으키는 향이 있나. 그렇게 농담 삼으려고 했는데, 엄마가 의외로 침착하게 말하는 거야. 좋은 걸 본 것 같다고 말이야. 아빠는 왠지 기뻐서 '그럼 됐지, 뭐' 하고 생각했어. 엄마 기분이 좋으면 좋은 거라고. 그리고 며칠 후에 엄마가 임신했다는 걸 알았어."

아빠의 목덜미를 보았다. 자잘한 주름이 생겼다.

"아빠도 엄마도 별다른 추측은 하지 않았고, 왜 그랬는지 그때 얘기를 피했는데, 그 금색 빛이 엄마 몸에 들어간 게 아닐까 하는 느낌은 있었어. 둘 다에게. 아빠가 처음 가오루코 너를 안았을 때, 너무 귀여워서 둘이 같이 '천사'라고 했지. 정말 많이 웃었어. 엄마는 아파 보였는데, 그래도 웃음이 그치지 않아서 조산원에게 혼이 났지. '천사'라고 하니, 주위 사람들에게는 딸바보가 하는 소리로 들렸겠지만, 우리가 동시에 그렇게 말한 걸 보면, 그게 무슨 대답이었을 거야. 그 금색 빛이 뭐였는지에 대한. 그 대답을 우리 입으로 말했던 거지. …… 지금 그때 기억이 났어."

'젖꼭지'도 그렇지만 '천사'도 참 부끄러운 울림의 말이네.

아빠 얘기를 듣고서 처음 떠오른 생각은 그랬다.

감동해야 하는 장면인데, '나도 아키오 앞에서 이 말을 떠벌려 댔단 말이지' 하고 생각하자 좀 당황스러웠다.

아빠가 알아차리는 건 싫어서, 의미 없이 뒷머리를 보았다. 깔끔하게 커트한 뒷머리, 하지만 군데군데 흰머리가 섞여 있다.

나는 유적을 바라보는 듯한 기분으로 그 흰머리를 보았다.

'천사, 래.'

새삼스레, 참 엄청난 말이다.

이거, 진짜 그냥 사실에 불과한지도 모른다. 증조할아버지가 내 몸을 통해 바깥에 그 목소리를 들려주었던 것처럼, 무언가가 몇 번이나 우리 귀에 '천사'라고 들려주려는 건지도 모른다.

뭐, 내가 천사든 갸틀즈의 매머드 고기든, 지금 할 수 있는 것은 딱 한 가지지만.

"아빠 등이 많이 뭉쳤나 보다."

따뜻해지고서야 등이 굳어 있었다는 걸 깨달은 모양이다.

나, 아주 좋은 일을 한 듯한 기분이다.

집에 돌아가면, 엄마에게도 해 줘야지.

뚱해서 뿌리칠지도 모르지만, 기죽지 않는다.

10

"어른들끼리 얘기할 테니까, 이다음은 아빠에게 맡겨."

뭉클했다. 업무 모드일 때의 이 사람은 역시 멋지다.

일요일 아침, 빵을 다 먹고 방으로 돌아가려 할 때였다. 마침 아빠가 침실에서 나오면서 그렇게 말했다. 눈에 핏발이 서 있는 것은, 밤새 생각했기 때문일까.

엄마는 발레 레슨을 받으러 나갔다. 가능하면 아빠와 얼굴을 마주치지 않으려는 뜻인지, 휴일이면 일정이 빡빡하다.

"뭐가 옳은 건지는 모르니까. 모르는 일을 하자니,

두렵기는 하네."

아빠는 싱크대 앞에 서서 물을 벌컥 마셨다.

"다만, 할아버지가 남긴 장소가 있고, 그 장소를 필요로 하는 사람이 있고, 또 사용할 수 있다면 그렇게 하는 도리밖에 없겠지."

아빠가 마치 아빠 자신에게 하는 말처럼 들렸다.

안도하는 동시에, 위가 짓눌린 것처럼 숨이 막혔다.

미안함이랄까, 맡길 수밖에 없는 무력감 같은 것을 있는 말을 다 동원해 전하고 싶어진다. 뻔뻔한 것도 정도가 있지.

나는 아빠를 싹 무시하고, 바보 취급하고, 반항해 왔다. 그런데 도움이 필요할 때만 도움을 청하고 있다.

아직 아이라고 해서, 당연히 부모가 지켜 줘야 하는 것은 아니다.

내가 곤도 집안의 멤버로 대등하게 참가하고 싶다면, 어린애 같은 태도를 취해서는 안 된다.

나는 잠자코 머리를 숙였다.

월요일, 아빠가 지쿠모 선생님에게 연락했다. 그날 저녁때 학교에 가서 선생님과 의논하고, 보호소를 운영하는 단체와 대화를 시작했다. 변호사와 아동복지사, 주지 스님도 만난 것 같다.

"그 보호소 어디 있어?"

그렇게 물어봤지만, 장소는 비공개라면서 가르쳐 주지 않았다. 입이 무거운 것도 멋졌다.

아빠는 그 일로 몇 번이나 외출을 하고 긴 통화를 했다. 엄마가 여자의 존재를 의심하는 게 아닐까 싶었는데, 아빠는 엄마에게도 사정을 자세하게 설명한 듯했다.

별거 얘기가 대두된 후로, 두 사람 사이의 전쟁은 사라졌다.

아빠는 외출하고 돌아오면 언제나 축 늘어졌다.

한두 번 만나서 해결될 일이 아닌 것이리라. 나, 터무니없는 부탁을 한 것 같다.

몇 번째 만남을 갖고 지친 표정으로 돌아온 아빠는 소파에 푹 파묻혔다. 회사에서 바로 다녀온 탓에 양복 차림이다.

나는 아빠를 위해 커피를 끓였다. 컵에서 달콤하면서 씁쓸한 향이 피어오른다.

"고맙다."

아빠는 맥없이 웃고는 컵을 받아 들었다.

"꽤 진척이 있었어."

한 모금 마신 다음 내쉰 숨에는 아직 긴장감이 남아 있었다.

"가오루코."

아빠가 굳은 표정을 하고 나를 올려다보았다.

"아키오 군을 한노에서 지내게 하려면, 아동상담소의 중재가 있어야 해. 그의 부모에게는 어디 있는지 알리지 않고. 아키오 군을 데리러 오거나, 다시 폭력이 발생할 가능성이 있으니까."

내가 고개를 끄덕이려 하자, 아빠가 턱을 들어 제지했다.

너 정말 아는 거니?

그렇게 묻는 듯한 기분이 들었다.

"할아버지 집에서 네가 이렇게 말했지. 아키오가 한노 집에서 살면 태어나고 자란 장소와 가늘지만 원만하게 이어질 수 있을 거라고. 가족을 만나고 싶을 때 언제든지 만날 수 있다고 생각하면 마음이 편해질 거라고."

나는 소파 옆에 그저 서 있을 수밖에 없었다.

"그런데 말이야. 부모에게는 있는 곳을 알리지 않아. 아키오 군을 지키기 위해서. 부모와 연결 가능성을 남기지 않는다고. 그러니까 할아버지 집은 그 이어짐을 끊기 위한 장소가 되는 셈이야. 그곳은, 아키오 군이 자립하는 날까지 몸과 마음의 안전을 지키는 장소야. 그가 집에 돌아가기 위한 대기 장소가 아니라고. 그렇다면, 네 말과 반대 상황이 되는 건데."

볼이 화끈거린다. 눈가까지 열이 올라왔다. 코로 숨을 들이쉬었다. 쉿가루 담배 냄새를 찾았지만, 있는 것은 커피 향뿐이었다.

아빠가 허둥지둥 오른손을 흔들었다.

"아, 미안하다. 가혹하게 들렸나 보구나. 너에게 뭐

라는 게 아니야."

아빠가 내게 보이듯 커피를 마셨다.

"정말 맛있구나. 언제 이렇게 솜씨가 늘었어."

"계속, 하세요."

나는 긴장한 채 똑바로 서 있었다. 아빠는 난처한 듯이 웃었다.

"선택은 아키오 군이 하겠지. 우리가 할 수 있는 것은, 아키오 군의 선택지를 여러 가지 마련하는 것뿐이야. 하지만 솔직히, 아빠는 아키오 군에 대해서 잘 모른다. 네가 할아버지 집을 필요로 하는 사람이 있다고 하니, 이렇게까지 움직였지만."

아빠가 컵을 테이블에 내려놓았다. 몸을 내 쪽으로 돌린다.

"가오루코. 한노에서 얘기했을 때, 너의 주어는 거의 '아키오'였어. 너는 아빠랑 엄마 일도, 아키오 군의 일도 마치 자기 일처럼 열심히 생각했지. 너를 괴롭게 해서 정말 미안하다. 하지만 가오루코, 네 마음을 들려줘. 주어를 '나'로 해서. 아빠는 너를 위해서라면, 사실이보다 백배는 더 움직일 수 있다."

아빠는 농담처럼 말하고는, 검은 그늘이 드리운 눈에 미소를 머금었다.

"나."

나의 진짜 마음. 눈썹을 정리했을 때도 그랬다. 진짜 마음을 얘기하는 게 왜 이렇게 겁이 날까.

"나……."

마치 높은 언덕에 서 있는 것 같다. 번지점프대에서 발을 내딛지 못하는 사람처럼, 몇 번이나 머뭇거린다.

아빠는 내 말을 끈기 있게 기다려 주었다.

울지 마. 울지 마. 주먹을 꽉 쥐었는데, 힘을 주었더니 오히려 눈물이 주르륵 흘렀다. 카펫에 눈물이 떨어지자 동시에, 몸이 확 풀어졌다. 보이지 않는 손이 등을 떠민다. 점프대에서 나는 발을 내디딘다.

"나, 아키오랑 떨어지고 싶지 않아."

그래, 하면서 아빠가 고개를 끄덕였다.

"언제든 만날 수 있는 거리에 있으면 좋겠어. 전학 가는 것도 싫고."

눈물이 또르르 굴러떨어진다.

“그 학교에서, 나, 친구가 아키오밖에 없어.”

얼굴이 흉하게 일그러졌다는 건 알고 있지만, 고개를 숙이지 않았다.

아빠가 내 흉한 얼굴에 딱히 신경 쓰지 않는다는 걸 아니까.

아빠가 나를 절대 싫어하지 않는다는 걸 잘 아니까.

그래서 지금까지 불손한 태도를 보일 수 있었다. 어리광을 부린 것이다.

“이 세상에서 아키오 하나가 내 친구야.”

말로 하고 나니까 너무 유치해서 놀랐다. 이런저런 이유를 들어 아키오를 돌봐 달라고 부탁했지만, 사실은 이렇게 짧은 말로 끝나는 일이었다.

나, 아키오랑 떨어지고 싶지 않아.

아키오를 위해 장소를 준비한 게 아니다.

내가, 아키오가 거기 있어 주기를 바라는 것이다.

나의 바람을 이루기 위해, 영악하게 주어를 바꿔치기했다.

이 속마음을 인정하고 나면, 나는 외톨이가 되니까.

아키오가 없는 그 학교에도, 이 동네에도, 마음을 허락할 수 있는 사람이 하나도 없다고 인정하는 꼴이 되니까.

그렇게 겁나는 일은 할 수 없었다.

무언가를 전하려 할 때 말을 길게 주절거리는 것은, 진짜 마음을 숨기기 위해서인지도 모른다. 약한 부분을 지키기 위해 온갖 말을 품은 두툼한 코트가 필요한지도 모른다.

온 힘을 다해 말했다 여겼는데, 이 어린 소망을 감추기 위해서였다.

"하기야 네리마에서 한노는, 전철로 1시간이면 가니까."

아빠는 자세를 허물고, 몸을 약간 왼쪽으로 틀어 소파 등받이에 기댔다. 등받이 위에 팔꿈치를 대고 턱을 괴고서 씩 웃는다. 증조할아버지를 조금 닮았다.

"네가 한노에 갔을 때, 거기에 아키오 군이 있으면 편하게 얘기도 할 수 있고 말이지."

민망하고 부끄러워서, 순순히 고개를 끄덕일 수 없었다. 어렸을 때, 짜증을 부린 것까지는 좋았는데 어디쯤에서 끝내면 좋을지 몰라 계속 칭얼거렸던 기억이 났다.

"알았다. 아빠가 계속 힘을 써 볼게."

아빠가 무릎을 탁 쳤다. 지금 내가 할 수 있는 일이 뭔지, 깨달았다.

'이해해 줬으면 하는 사람이 이해해 줬다' 하고 믿는 것이다.

"…… 아빠."

"응."

"감사, 합니다."

아빠는 대답 대신 미소를 짓고는 일어났다. 테이블에 놓아둔 커피 컵을 들고 침실로 돌아갔다.

엄마는 부엌에서 알 수 없는 표정으로 아빠를 보고 있었다.

나는 화장지로 눈물 콧물을 닦고, 엄마 옆으로 갔다.

"엄마."

"응?"

"내일, 체육대회."

"급식 없지?"

도마 위에 손질을 기다리는 재료들이 놓여 있다.

"보러 왔으면 좋겠어."

엄마는 매끄럽게 고개를 움직여 나를 내려다보았다.

"토요일이니까 그럴게. 도시락 같이 먹자."

이제 곧 가족 셋의 생활이 끝난다.

"재료 안 모자라? 셋이 먹을 도시락인데."

아키오의 편지에도 그렇게 쓰여 있었다. 끝이 보인다는 거, 참 굉장한 일이다. 모든 게 소중하고 사랑스럽다.

"엄마랑 아빠가 봐 줬으면 좋겠어."

두 사람이 나란히 있는 모습, 다시 한 번 보고 싶다.

"알았어."

엄마 얼굴에는 여전히 표정이 없다. 하지만, 눈 속빛과 입술 색이 창문 너머에서 아른거리는 촛불 같은 색으로 물들어 있었다.

"고마워."

나는 방으로 돌아갔다.

침대에 드러누워 엄마 배 속에 있을 때처럼 몸을 웅크렸다. 눈꺼풀 속으로 달빛이 비친다. 가물가물 잠이 오려는데, 정수리가 따뜻해졌다.

누군가, 머리를 쓰다듬고 있다.

*

주바치 아키오에게

미안해.

아키오가 한노에서 생활할 수 있도록 얘기가 진행되고 있다는 거, 들었지? 너와 의논도 하지 않고, 미안해. 아마 망설이고 있겠지. 괜히 우리와 관계있는 그 집에 가느니, 차라리 아는 사람이 없는 곳에 가는 편이 편하게 생각된다는 거, 알아. 또 신세 지고 싶지 않은 마음도 있을 테지.

그런데 혹시 아질(Asyl)이라는 말 아니?

아질은 산속이거나 시장, 혹은 신전일 수도 있는데, 거기로 도망치면 법이나 세상의 이목으로 더럽혀진 옷을 벗을 수 있대. 속세의 인연이 끊기고, 직함도 사라지고, 아무도 아닌 사람이 되는 거지. 뭔가에 쫓기던 사람도 아질에서는 보호받을 수 있어. 무법 지대라는 뜻이 아니라, 그곳에는 그곳만의 룰이 있다네. '성역'이라고 바꿔 말할 수도 있겠다. 지금 네가 있는 절도 아질의 하나인 셈이네.

'세계로부터 지켜 주는 세계'

나는 그곳을 이렇게 이름 짓고 싶어.

세계와 지반은 같지만 다른 세계의 이미지.

아질과 유사한 장소는 인류 역사의 다양한 곳에서 볼 수 있대. 인류 모두에게 공통적으로 필요한 곳이라서 그렇겠지.

아마, 우리 증조할아버지의 집도 아질일 거야. 그곳은 세상의 일반적인 상식이 미치지 않는 장소야. 그런 것으로부터 지켜 주는 장소야.

그곳을 필요로 하는 모든 사람에게 사용할 권리가 있어.

그러니까 그 집은 아키오 것이기도 해.

그 말을 전하고 싶어서 편지 썼어.

내 글씨도 좀 삐뚤빼뚤하네. 이 편지를 지쿠모 선생님에게 맡기고, 습자 책을 사서 집에 가려고.

곤도 가오루코

나, 아키오랑 떨어지고 싶지 않아.

쓰려다, 말았다.

그런 말, 편지에 안 쓰고 어디에 쓰랴 싶은 마음도 있었지만, 그가 짊어진 무게에 내 생각까지 더하고 싶지 않았다.

아빠에게 솔직히 내 속마음을 전해서, 아키오와 떨어지는 게 이제는 겁나지 않다는 이유도 있다.

인정하는 건 무서운 일이라고 생각했는데, 그 반대였다. 진짜 마음을 인정했더니, 그 마음이 '인정해 줘서 고마워' 하고 말하는 것처럼 느껴졌다. 그리고 '인정해 준 보답'이라며 멋진 것을 선물해 주었다.

내 건강을 유지하는 데 필요한 것.

자기를 믿는 마음이다.

아키오가, 쉽게 만날 수 있는 거리에서 지내 준다면 더없이 고맙다.

그러나 가령 멀리 떨어지게 되어도, 나는 아키오와의 인연을 계속 이어 간다.

결과가 어떻든 상관없다.

어디에 있든, 어떤 형태로든, 나는 아키오의 친구다.

P.S. '나는 팬케이크'라는 말, 멋지다고 생각해.

*

나는 가위바위보를 하기 싫어서 800미터 달리기에 지원했지만, 경기를 오전에 치르기 때문이기도 했다. 해마다 개회식 바로 다음에 치른다. 몇 분 참고 달리면, 그다음은 종일 마음 편하게 지낼 수 있다.

체육대회 당일, 일찌감치 개인경기를 끝내고 나자 나의 우울은 절반으로 줄었다. 순위도 딱 중간쯤이었고. 그다음의 단체 줄넘기에서도 그런대로 괜찮은 기록이 나왔다. 범인을 찾느라 소란을 떠는 사태도 없어서 다행이었다.

점심시간이 되어 나는 엄마와 아빠 자리로 갔다. 엄마와 아빠는 운동장의 남동쪽에 있는 철봉 앞, 최고의 자리에 진을 치고 있었다. 햇빛이 잘 비쳐 환하고, 커다란 나무가 있어서 적당한 그늘도 있다. 조례대가 마주 보이는 곳이라, 단체 무용과 응원전도 정면에서 볼 수 있다. 아빠가 이 자리를 잡으려고 아침부터 애쓴 듯하다.

엄마는 오색찬란한 도시락을 싸 왔다. 유부초밥에 밤밥, 미트볼, 닭튀김, 달걀말이, 아스파라거스버터소테, 당근과 토마토샐러드, 아보카도와 참치를 섞고 거기에 치즈를 얹어 구운 것. 배와 포도도 있었다. 남들 눈에는 행복한 가정으로 보였을 것이다.

아빠는 혼자서 주절주절 떠들었다. 엄마는 말없이 젓가락을 놀렸지만, 아빠를 무시하지는 않았다. 뚱하지도 않고, 지켜보는 눈빛이었다. 기뻤다.

오후 경기가 시작되었다. 몇 가지 개인경기가 진행되고, 30인 31각 차례가 왔다. 우리 반은 아키오가 없어서 29인 30각이다. 끈으로 옆의 아이와 자기 다리를 묶는다. 이 경기는 움직임이 자유롭지 못하기 때문에, 정말 무섭다. 이때만큼은 서로를 꼭 믿어야 한다. 의심하는 순간 일사불란한 움직임이 흐트러져 넘어지고 만다. 무심. 이 경기를 위한 마음가짐은 '무심'이다.

나는 양옆에 선 남자아이들과 어깨동무를 했다.

"야, 가오루코 어깨 진짜 실팍하다. 여자 어깨 같지가 않아."

연습할 때는 그런 말이나 지껄이던 녀석들이, 진지한 표정으로 앞을 보고 있다.

"내 움직임을 그냥 따라오면 돼."

웃어 주고 싶었는데, 나는 듬직함을 느끼고 말았다.

스타트라인에 섰다. 총소리가 울린다.

"하나, 둘, 셋!"

외치면서 발을 앞으로 내민다. 양옆의 남자아이들이 내 어깨를 잡은 손에 힘을 준다. 내 손에도 힘이 실린다. 속도가 오른다. 남자 발에 끌리듯 뛴다. 내 몸이 내가 아닌 강한 것에 움직여진다. 무섭다. 몸이 움츠러들 것 같다. 발을 멈출 것 같다.

힘내! 하는 소리가 들렸다. 아빠 목소리였다. 엄마 목소리는 들리지 않지만, 도시락을 준비할 때 같은 눈으로 나를 좇고 있을 것이다.

아빠 목소리가 들리면 조건반사처럼 흥분이 가라앉는 탓인지, 공포감이 훅 풀렸다. 충격요법인가. 대신 '저 사람들 앞에서 실수하고 싶지 않다'는 기분이 일었다. 넘어지고 싶지 않다, 완주하고 싶다.

50미터가 이렇게 긴 줄 몰랐다. "하나, 둘"을 외치는 소리마저 나오지 않는다. 집요하게 얼굴을 내미는 공포에 휘둘리지 않도록 리듬에 맞춰 발을 앞으로 내민다. 반 아이들의 발이 골라인을 넘는다. 총소리가 울린다.

"와! 해냈다! 완주했어!"

누군가가 외쳤다. 기록 따위는 아무 상관없었다. 연습 때부터 몇 번이나 완주하면서 이왕이면 1등을 하자고 했는데, 많은 사람들이 보는 앞에서 끝까지 흐트러지지 않고 뛰었고, 범인을 찾지 않아도 되니까 '다행'인 것으로 충분했다.

우리 반이 그다지 편한 장소는 아니었는데, 지금만큼은 좋다고 생각한다.

마음이 평온할 때는 어떤 장소든 좋아지는지도 모르겠다.

3학년의 단체 무용과 1학년의 장애물경주, 응원전, 남은 개인경기까지 다 끝나고, 이제 학년별 반 대항 이어달리기만 남았다.

여학생이 먼저다.

우리 반의 제1주자는 육상부 톱이고, 마지막 주자는 같은 육상부 에이스여서 따를 자 없는 1위였다. 제5주자인 나도 훽훽 선두를 달렸다. 응원하는 아빠 목소리와 엄마의 시선을 확인하는 여유도 있었다.

남학생들이 트랙으로 이동한다. 여학생들은 응원석 앞에 자리하고 함성을 지른다.

제1주자들이 스타트라인에 주르륵 나왔다.

"정 위치!"

선생님이 외친다.

"준비!"

총소리가 울린다.

어디에서 나타났는지, 한 미인이 트랙으로 뛰어나왔다.

짧은 머리, 날씬한 몸매, 깡똥한 세일러복. 운동장 전체가 술렁거린다. 당황한 남학생들의 스타트가 지연된다.

"아키오?"

내 세일러복을 입은 맨발의 아키오가 전속력으로 달리고 있다. 남학생들은 아키오 뒤를 따라 뛰고 있지만, 누구도 자기 페이스를 되찾지 못하고 있다.

아키오는 학부형들이 모여 있는 스탠드 앞에 접어들자, 옆으로 껑충껑충 뛰면서 교복을 벗기 시작했다.

남학생들은 우물쭈물했다. 계속 달려야 하는지 아니면 멈춰야 하는지, 판단이 서지 않는 것이리라. 이미 경기가 아니다.

으악! 나는 눈을 가린다. 왜 저러는 거지.

아키오는 스스로를 고무할 때, 열광에 힘을 빌리려고 한다.

그가 어떤 결론을 내린 모양이다. 상당한 에너지를 소모했으리라. 그건 두려움과 이웃한 것이었으리라. 그리고 무엇보다 의사를 표명하기에는 말이 뒤따르지 못했으리라.

안다.

알지만, 나는 저런 퍼포먼스를 좋아하지 않는다. 내가 한 짓은 모르는 척하는 한이 있어도, 아무튼 싫다.

정말, 뭐 하는 거야, 이런 소란을 피워서 어쩌자는 거야.

한노의 할아버지 집까지 현실적인 선택지에 포함될 수 있도록, 지금 다들 머리를 맞대고 꼼꼼하게 조정하고 있는데.

우리 아빠는 동분서주하고 있는데, 네 멋대로 이럴 거야.

아키오는 똑똑하고 예쁘지만, 이해하기 어려운 크레이지 예인절이기도 하다.

아무튼, 선생님에게 붙잡히기 전에 막고 싶었다. 어떻게 해야 하나 싶어 주위를 돌아보다가 엄마와 눈길이 마주쳤다.

엄마가, 나를 보고 있다.

목에 둘렀던 커다란 숄을 풀어 휘휘 흔들고 있다.

나는 응원석에서 빠져나와 학부형석으로 가서 엄마에게 숄을 받았다.

"빨리."

엄마의 입가가 살짝 올라갔다.

나는 엄마 냄새가 나는 숄을 껴안고 운동장으로 뛰었다. 아키오가 팬티까지 벗기 전에 막아야 한다.

기다려! 너, 완전 설교감이야.

저쪽에서 스즈키 선생님이 뛰어오고 있다. 지쿠모 선생님이 그 팔을 잡았다. 나이스, 지쿠모 선생님.

웅성웅성한 운동장, 나는 솥을 활짝 펼치고 뛰어 아키오에게 다가갔다.

"아키오, 너!"

그리고 그를 껴안는다.

"잘 왔어!"

자기 입에서 나온 말에 스스로 놀라는 거, 벌써 몇 번째일까?

아질(Asyl)이라는 독일어가 있다.

그리스어 asylon(침범할 수 없는 성역)이 어원으로,

'성역' '평화 영역' '자유 영역' '피난처' 등을 뜻한다.

영어로는 asylum 또는 흔히 아는 sanctuary.

우리말로는 '소도'가 이에 해당하지 않을까 한다. 즉 우리가 사는 세계로부터 누군가를 지켜 주는 세계.

지금, 우리가 사는 세계에 두 아이가 있다.

열네 살, 같은 중학교에 다니고 같은 반이다.

하나는 남자아이 아키오,

하나는 여자아이 가오루코.

한창 성 정체성이 확립되는 사춘기.

어른이 되는 문턱에 선 이 둘은 현대사회가 안고 있는 다양한 문제를 고스란히 체현하고 있다.

수박은 그 냄새조차 싫어하는 아빠, 남편이 싫어하는 수박을 굳이 남편이 보는 앞에서 먹어 대는 엄마. 수박 냄새가 싫다고 집을 나가 버리는 아빠, 그 남편을 향해 '금연 하나 제대로 못 해서 안절부절못한다'고 비웃는 엄마. 수박과 담배로 상징되는 이 부부의 관계는 수박과 담배만큼이나 일상적으로 금이 가 있다.

가오루코는 그런 부모와 함께 살고 있다. 아빠가 음식을 그릇째 내던지고, 엄마가 싸 준 도시락을 쓰레기통에 내던질 때, 그녀는 몸과 마음이 찢어지는 형벌을 받는다. 아빠에게 받은 스트레스를 자기 딸의 몸매를 비난하는 말로 풀고는 스스로 부끄러워하는 엄마 역시 그녀의 몸과 마음을 난도질한다.

주먹질이 오가지 않아도 서로를 모욕하는 관계는 충분히 폭력적이다.

이렇게 안에서도 편히 쉴 곳이 없는데, 밖에서도 그녀는 외톨이다.

학교.

교복으로 대변되는 학교는, 또래 아이들이 비슷비슷하게 묻어가는 일률적인 가치가 요구되는 곳이다. 튀거나 불거지는 행동은 따돌림을 낳는다. 그런 환경에서 아이들은 어른으로 발돋움하기 위해, 여자는 여자답게 남자는 남자답게 자신을 치장한다.

그런데 가오루코는 그렇지 못하다. 여자로서의 성장을 망설인다. 남들 눈에 예쁘게 보이기 위해 애쓰지도 않는다.

그리고 아키오.

남자아이인 그는 어느 아침, 당당히 선언한다.

나는 지금 겉모습은 남자지만, 마음은 여자입니다.

이 충격적 커밍아웃 발언은 학교에서 배운 것과 현

실이 얼마든지 상충될 수 있다는 점을 아이들에게 각인한다.

> 수업을 들을 때는 나와 아무리 다른 사람이라고 해도 이해하고 수용하자고 생각했다. 그러니까 성별은 물론 나이도 인종도 경계가 없는 게 좋다는 것은 안다.
>
> 교과서의 내용은 무리 없이 쓱 받아들였는데, 반경 5미터 안에서 그런 일이 생기자 얘기가 달랐다.

여학생 교복 차림으로 등교하는 아키오는 교문에 이어 건물 현관에서 선생님들의 저지를 받는다. '여학생은 여학생 교복, 남학생은 남학생 교복'이라고 정해진 교칙과, '개성을 존중하고 다름을 차별하지 말자'는 교육은 성 정체성의 문제와는 병치될 수 없는 듯하다.

학교도 그렇지만, 아키오는 가정 내 폭력에도 시달린다.

아들의 여성성을 수용할 수 없는 아빠는 아들을 남

자답게 교정하기 위해 교묘하게 육체를 학대한다. 그러니 아직 어린 아키오가 겪고 있는 성 정체성의 혼란이 어떤 방향으로 전개될지는 나중 문제다.

지금의 그에게 가장 현실적인 고통은 몸과 마음이 쉴 수 있는 곳, 있는 그대로의 자신을 지켜 주는 곳이 어디에도 없다는 것이다.

더욱이 이 유형·무형의 폭력이 가족이라는 공동체 안에서 자행된다는 함정이 이들의 발목을 잡는다. 태어날 때부터 '탯줄(가오루코는 아픔과 감정을 공유하는 사이를 이 말로 비유한다)'이 이어진 부모 자식이라는 굳건한 관계에서 벗어나는 두려움 혹은 불가항력 때문에, 자식들은 저항하거나 거부하는 대신 자기를 부정하고 단죄하는 방향에서 폭력을 수용하고 만다. 남들과 다른 탓에 마땅히 받아야 할 벌이라고 여기는 것이다.

그렇다면 우리가 사는 세계에 이들을 지켜 주는 세계는 아예 없는 것일까?

'죽음'으로 자기를 지우는 행위가 속죄요, 해방이며,

자유라고 여길 만큼, 아직은 어린 이들이 스스로를 정립하고 홀로 설 수 있을 때까지, 있는 그대로의 자신을 지켜 주는 곳은.

보건실의 지쿠모 선생님으로 연계되는 보호시설, 곤란에 처한 청소년들이 잠시 쉬어 갈 수 있는 곳이 있기는 하다. 하지만 사회적 격리를 전제로 하는 보호시설은 아쉽게도 '아질'의 역할을 충족하지 못한다.

작품 초반에 가오루코가 욕설이 오가는 부부 싸움의 현장을 피해, 자기 방에서 귀를 막고 있을 때 손에 꼭 쥐고 있던 열쇠. 이 세계를 벗어나고 싶을 때, 책의 세계에서 그나마 위안을 찾았던 그녀의 책꽂이 위에 언제나 소중하게 간직되었던 그 열쇠는 증조할아버지가 "가오루코가 열다섯 살이 될 때까지는 그 집을 보존하라"는 유지와 함께 남겨 준 집, 그야말로 아질의 문을 여는 열쇠다.

부모와 내 집과 내가 속한 사회가 아니라 삼대를 거슬러 올라간 증조할아버지의 품이 아질이라는 점이 안타깝지만, '아질'이란 영원히 머무르는 곳이 아니기에, 마지막 장면의 해학성이 그들에게 언젠가 부모와 사회를 넘어 나 스스로가 나의 아질일 수 있는 날이 오리란 밝을 빛을 보여 주고 있기에 안도한다.

2021년 여름

김난주

세계로부터 지켜 주는 세계

초판 1쇄 인쇄 2021년 8월 17일
초판 1쇄 발행 2021년 8월 25일

지은이 쓰카모토 하쓰카
옮긴이 김난주
발행인 박효상
편집장 김현
기획·편집 김설아 하나래
디자인 이연진 김성엽
일러스트 0.1
마케팅 이태호 이전희
관리 김태옥

종이 월드페이퍼 **인쇄·제본** 현문자현 | **출판등록** 제10-1835호
펴낸 곳 사람in | **주소** 04034 서울시 마포구 양화로11길 14-10(서교동) 3F
전화 02) 338-3555(代) **팩스** 02) 338-3545 | **E-mail** saramin@netsgo.com
Website www.saramin.com

왼쪽주머니는 사람in의 단행본 브랜드입니다.
책값은 뒤표지에 있습니다.
파본은 바꾸어 드립니다.

ISBN 978-89-6049-906-5 (03830)